Como Ensinar Crianças do Maternal

Não é tão Fácil, mas aqui Está como Fazer

Ruth Beechick

Tradução de Suzane Chagas

CPAD

Título do original em inglês: *Teaching Preschoolers*
Accent Publications, Colorado Springs, Colorado, EUA
Primeira edição em inglês: 1986

Tradução: Suzane Chagas
Preparação dos originais: Luciana Alves
Revisão: Alexandre Coelho
Projeto gráfico e editoração: Olga Rocha dos Santos

CDD: 268 - Educação Cristã
ISBN: 85-263-0555-7

Para maiores informações sobre livros, revistas, periódicos e os últimos lançamentos da CPAD, visite nosso site: http://www.cpad.com.br

As citações bíblicas foram extraídas da versão Almeida Revista e Corrigida, edição de 1995, da Sociedade Bíblica do Brasil, salvo indicação em contrário.

Todos os exemplos deste livro, exceto indicações em contrário, foram extraídos das seguintes fontes: corinhos de Songs for Young Children (*Canções para crianças*), versos de Rhymes to Say and Do (*Versos para recitar e fazer*), jogos de Bible Learning Games for Preschoolers (*Jogos de aprendizagem bíblica para pré-escolares*), histórias dos currículos bíblicos da Accent-On-Life para Jardim-de-Infância, publicados pela Accent Publications.

Casa Publicadora das Assembléias de Deus
Caixa Postal 331
20001-970, Rio de Janeiro, RJ, Brasil

1ª edição/2003

Alguns homens plantam sementes
Que em pouco tempo produzem flores,
Exalando deliciosos perfumes
Numa explosão de cores.

Mas eu, Senhor, plantarei árvores,
Que pouco a pouco crescerão.
Mesmo que meus olhos não o vejam,
Força e refúgio serão.

Você Pode Ser Bem-sucedido com sua Classe de Maternal!

Como Ensinar Crianças do Maternal lhe mostra como.

Se você trabalha com esta faixa etária tão importante, este livro, da Drª Ruth Beechick, lhe ajudará a:

- Identificar-se com o modo de pensar singular das crianças da primeira infância.
- Trabalhar dentro de sua capacidade de aprendizagem e habilidades sociais.
- Preparar trabalhos manuais, corinhos e visuais efetivos.
- Contar histórias que serão ouvidas e compreendidas pelas crianças.
- Organizar a sala e o tempo de aula.
- Desenvolver uma sólida filosofia pessoal de ensino.

Como Ensinar Crianças do Maternal... uma rica fonte de critérios e informações práticas, escrita com carinho por uma especialista cristã em educação infantil.

Prefácio

Nas montanhas rochosas onde moro, todos os anos planto árvores, fazendo reflorestamento. Muitas das minhas árvores são *Pinus Ponderosa* (pinhos), que embora não sejam tão majestosos como os pinheiros *Redwoods* ou os *Douglas Firs* que conheci na minha infância, também são considerados gigantes. Estes pinheiros transmitem paz para aqueles que amam as árvores. As pessoas passeiam e fazem piqueniques entre eles, abrigados do calor e da correria do seu dia-a-dia, encontrando renovo e forças para prosseguir.

Ano após ano, vejo minhas mudas crescerem, mas não viverei o bastante para apreciá-las em toda a sua plenitude. Ainda assim, sou compelida a plantá-las, pois o mundo precisa delas. Do mesmo modo, me sinto compelida a ensinar às crianças. Não importa se eu não mais estiver aqui, quando se tornarem os gigantes espirituais de que tanto nosso mundo necessita. Mesmo assim, continuarei a ensinar.

O Senhor expandiu o meu ministério, levando-me a ensinar professores e desenvolver currículos adequados à educação infantil. Onde quer que vá, tenho encontrado professores felizes, mas assoberbados, lutando para desempenhar bem uma das funções mais difíceis na igreja: ensinar às crianças de dois a quatro anos.

Através deste livro, quero ajudá-los a tornar esta tarefa mais fácil, fornecendo-lhes treinamento para este trabalho em constante crescimento.

Que esta obra seja proveitosa tanto para os irmãos que desejam compreender melhor a educação infantil, como para aqueles que organizam treinamento de professores. No apêndice constam orientações suplementares que têm por objetivo auxiliar e orientar tais grupos de estudo. Contudo, os leitores também podem utilizá-las, especialmente as tarefas de observação.

A teoria e a prática permeiam toda a obra. Porém, os dois primeiros capítulos se destinam a uma maior orientação teórica. Os irmãos poderão iniciar a sua leitura por qualquer um dos capítulos, de acordo com suas necessidades.

Ruth Beechick

Sumário

1

Como São as Crianças?

É fascinante ensinar, estudar e conviver com crianças. Neste capítulo, revisaremos algumas descobertas significativas da psicologia infantil, observando alguns métodos que facilitarão o processo ensino-aprendizagem. Primeiramente, é necessário que saibamos claramente sobre quais crianças estamos falando.

Como Devemos Chamá-las?

Tradicionalmente, a Escola Dominical estabelece um programa de dois anos para as crianças que deixam o berçário, começando a caminhar na direção de um ensino bíblico formalizado. Esta classe recebe diversos nomes: *Berçário II*, *Jardim de Infância I*, *Classe Infantil de dois e três Anos*, *Maternal* e outros.

O nome *Berçário II* freqüentemente induz os pais a pensarem que se trata de entretenimento e não de aprendizagem, confundindo as crianças dessa classe com os bebês que ainda permanecem no berçário. Devemos considerar que os professores das crianças de dois e três anos não apenas se ocupam dos cuidados físicos primários, mas também auxiliam no crescimento global da criança, enfatizando o desenvolvimento intelectual e social. O termo *Jardim de Infância,* substituído pela expressão *Educação Infantil* em instituições educacionais públicas e privadas, oficialmente abrange somente a faixa etária compreendida entre quatro e cinco anos. Faz-se necessário utilizar um termo que defina esta faixa etária de forma correta, distinguindo-a das outras adequadamente. Portanto, de agora em diante utilizaremos o termo *Maternal* como definição para a classe das crianças de dois e três anos de idade.

Qual a sua Idade?

Observemos agora as idades que estão incluídas no maternal. Considerando-se que esta classe é identificada como turma de dois e três anos, algumas igrejas transferem as crianças do berçário para o maternal assim que completam dois anos. Nossa experiência, porém, nos revela que o tipo de programa oferecido no maternal, inclusive nas igrejas, não é muito produtivo antes de dois anos e meio de idade. Deste modo, sugerimos que a idade inicial do maternal na Escola Dominical seja de dois anos e meio.

Se houver objeções ou preocupação quanto ao ensino oferecido às crianças abaixo desta idade, pode-se providenciar que uma professora desenvolva no berçário, a cada domingo, uma atividade de poucos minutos com objetos, gravuras, livros, corinhos, histórias ou versos para as crianças que demonstrarem prontidão para tais atividades. Deste modo, elas participarão de um grupo de aprendizagem, sem que sejam submetidas a uma estrutura inadequada.

Ao completar dois anos e meio, as crianças serão introduzidas no maternal. Deve-se observar, porém, que não há necessidade de rigor nesta mudança, pois algumas delas podem ainda não estar prontas, aguardando um pouco mais até ingressar na nova classe; e, às vezes, se faz necessário um período de adaptação nesta classe, permitindo que os novos alunos retornem ao berçário esporadicamente. Normalmente, após alguns domingos, os recém-chegados estão prontos para permanecer na nova classe em tempo integral. Algumas igrejas maiores preferem promover as mudanças de classe somente ao término do ano. Assim, todas as crianças que completaram dois anos serão introduzidas no maternal ao mesmo tempo, o que faz com que a média da idade da classe seja de quase dois anos e meio.

Os alunos de três anos continuarão nesta mesma classe. Durante todo o ano letivo estarão completando quatro anos e, a classe que inicialmente era de crianças de dois e três anos, ao término do ano, terá se transformado em uma turma de três e quatro anos em sua maioria.

Este assunto parece ser tão óbvio que seria supérfluo falar sobre ele. Mas, na realidade, em muitas igrejas se estabelece como um ponto de confusão. Os professores que lidam com as crianças no dia-a-dia e vêem seus alunos mudando gradualmente de faixa etária até o término do ano, facilmente, assimilam estes critérios. Contudo, os pais, os recepcionistas e outros irmãos não conseguem compreender tão claramente os critérios de formação das classes. Principalmente, quando estes pequeninos completam quatro anos. Muitos pais não aceitam que seu filho, quando completa essa idade, continue freqüentando a mesma classe de crianças de dois e três anos, e querem que ele seja remanejado para a próxima classe antes do término do ano. Porém, é importante observar que na próxima classe as crianças já estarão completando cinco anos durante o período letivo. O recepcionista da igreja, ao receber uma nova família, prontamente encaminha a filhinha de quatro anos do casal para a sala do jardim de infância. Se esta criança acabou de completar quatro anos e estamos no meio do período letivo, ela na verdade pertence à classe do maternal.

Devemos estar atentos a estes detalhes, quando tratamos da formação das classes, não nos esquecendo de prestar esclarecimentos aos pais e aos irmãos que de uma forma ou outra têm contato com o departamento infantil. Se aprendermos a pensar em termos de ano escolar e não de idade, com certeza será mais fácil compreender este aspecto da organização da Escola Bíblica Dominical. As crianças do maternal têm dois e três anos no início do período letivo, e três e quatro ao término do ano.

Nas igrejas maiores, onde há a necessidade de separar as crianças de dois das de três anos, formando dois períodos distintos no maternal, a organização será a mesma. As crianças que no início do ano estiverem com três anos permanecerão juntas na mesma classe até o término do período letivo, quando todas já terão completado quatro anos e serão promovidas para o jardim de infância.

Os Mitos da Aprendizagem Inicial

O que sabemos sobre as crianças de dois, três e quatro anos? Será que tudo o que lemos sobre eles é verdade?

Nas duas últimas décadas temos observado um fenômeno que pode ser chamado de era da educação infantil. Órgãos públicos e outras instituições têm designado verbas substanciais para a promoção da educação infantil. Muitas vezes o coração, ou outra motivação qualquer, esteve à frente da razão nesse empreendimento. Com boas intenções, como por exemplo, o bem da humanidade, tornando indivíduos mais inteligentes do que normalmente seriam, recursos maciços foram investidos. Contudo, atualmente alguns têm coragem de admitir que tais esforços tremendos obtiveram um pequenino retorno.

Antes de dedicarmos todos os nossos esforços em prol da educação cristã infantil, precisamos de uma visão realista do que pode ser realizado. Vejamos alguns mitos que cercam este assunto.

Primeiramente, existe o mito de que aos cinco anos, a criança já aprendeu metade de tudo o que poderia aprender em toda a sua vida. É interessante observar que este mito surgiu na mesma época em que todos já acreditavam que a mente humana apenas estaria completamente desenvolvida quando o indivíduo alcançasse a adolescência. Como é possível que uma mente parcialmente formada possa aprender mais em poucos anos de inexperiência do que uma mente completamente desenvolvida em anos de estudos? Talvez, o surgimento deste mito tenha sido motivado por uma esperança de se conseguir resolver nossas imperfeições na próxima geração, alcançando um mundo melhor através do desenvolvimento do intelecto de nossas crianças.

Esse mito pode estar diretamente relacionado à obra de Benjamin Bloom, que nos revela que, de fato, por volta dos cinco anos de idade, a mente humana já alcançou metade do seu desenvolvimento. Entretanto, as pessoas têm interpretado essa pesquisa de forma errada; não se deve confundir desenvolvimento com aprendizagem. Alcançar metade do desenvolvimento mental não é o mesmo que aprender metade do que se aprenderia por toda a vida. Mesmo quando interpretados corretamente, os resultados da pesquisa de Bloom ainda apresentam alguns pontos questionáveis. Comparar a mente de uma criança de três anos com a de um indivíduo de trinta é o mesmo que comparar violetas a rododentros. Quantas violetas são necessárias para formar um rododentro? Não existe resposta para esta pergunta. Embora a estatística utilizada por Bloom neste assunto seja altamente sofisticada, ele fica limitado pela própria estatística, pois este sistema não é capaz de descrever adequadamente a complexidade da mente humana. Podemos contar o número de pétalas de uma flor, identificar sua cor, ou até mesmo descrever a intensidade dela, mas nenhuma descrição, por mais detalhada que seja, se comparará à própria flor, pois considera apenas alguns aspectos dela.

Um outro problema neste tipo de trabalho científico é a dificuldade em se definir intelecto. Embora muitas definições tenham sido formuladas, não existe ainda um consenso a respeito do que constitui a inteligência. Portanto, a questão é mais complicada do que comparar uma violeta a um rododentro; é querer comparar duas flores desconhecidas.

Devemos ressaltar que estes questionamentos a respeito de Bloom, da estatística e dos estudos científicos da mente humana, não têm o objetivo de depreciar os estudos científicos, que são extremamente importantes para educadores, psicólogos e todos nós. Queremos, sim, enfatizar que fatalmente incorreremos num erro, se tomarmos um estudo científico fora do seu contexto. Precisamos observar se estamos falando de flores, de pétalas ou de algum outro assunto. No caso desse assunto em particular, o grande erro está no uso da palavra aprendizagem. Os estudos de Benjamin Bloom não se referiam a como se processa a aprendizagem. Esta é uma interpretação equivocada.

Uma outra origem possível para este mito do poder da mente na primeira infância é uma citação antiga dos católicos romanos que assegurava que se uma criança permanecesse com eles até os sete anos, eles a teriam por toda a vida. Embora esta citação não tenha nenhuma base científica, nossa observação no dia-a-dia mostra-nos que existe verdade nesta afirmação. No entanto, não podemos fazer disto uma "regra educacional", pois incidiríamos no erro de acreditar que se falhássemos ou não pudéssemos interferir na vida de uma criança nesta idade, tudo estaria perdido. Quantas crianças estariam em uma situação tão desesperançosa! A mensagem do Evangelho nos diz justamente o oposto disto. Deus pode fazer do homem uma nova criatura, superando inclusive os efeitos de uma infância prejudicada.

É obvio que podemos aprender na fase adulta coisas que não tivemos oportunidade de aprender quando criança. Com certeza, muitos fatores podem interferir no desenvolvimento normal da criança, até mesmo afetando sua aprendizagem. Contudo, não devemos temer que algo que fizermos, ou deixarmos de fazer, vá prejudicar permanentemente o desenvolvimento mental daqueles que cresceram num ambiente que lhes tenha oferecido oportunidades satisfatórias. Também não podemos acreditar que criaremos indivíduos muito mais inteligentes, forçando-os a ir cada vez mais além.

Esta ilusão é um outro mito que surgiu mais recentemente. Sua origem se encontra num trabalho realizado por educadores que conseguiram aumentar a capacidade mental de crianças desfavorecidas, cujo desenvolvimento se encontrava prejudicado. Com base nestes resultados, começou-se a promover a falsa idéia de que seria possível aumentar a capacidade mental até mesmo daquelas crianças que cresceram num ambiente de estímulos normais. Novamente vemos a esperança de que o homem é capaz de se aprimorar por meio de seus próprios esforços — neste caso, esforços educacionais.

O sucesso deste projeto que ajuda crianças desfavorecidas a recuperar o tempo perdido anula a teoria do "tudo está perdido". A verdade é que efetivamente existem caminhos que podem auxiliar as crianças que iniciaram sua aprendizagem formal mais tarde, assim como, também é verdade que a aprendizagem formal antecipada não favorecerá um desenvolvimento além do normal.

O Mito do Período de Atenção

Existem muitas fórmulas para se chegar ao tempo de atenção das crianças, em termos de minutos. A mais comum consiste em utilizar a idade da criança mais um. Ou seja, uma criança de três anos teria um período máximo de atenção de quatro minutos. Isto não só é um mito, como também é um meio inútil de se raciocinar com relação à atenção. Em vez de refletirmos sobre a atenção infantil em termos de minutos, deveríamos considerá-la sob o prisma das tarefas. A tarefa que propomos está num nível de dificuldade apropriado para nosso aluno? Ele a realiza até o fim? Com o nível de dificuldade adequado, uma criança pode, e freqüentemente consegue, dar atenção à atividade proposta.

O mito do período de atenção se iniciou com algumas pesquisas que analisavam por quanto tempo uma criança conseguia se concentrar numa determinada atividade imposta pelo professor.

Entretanto, tais testes foram feitos em situações experimentais. Se os pesquisadores tivessem observado menininhos brincando naturalmente com seus caminhões, derramando areia em baldinhos, ou uma criança sentada no colo de sua mãe, vendo as gravuras de um livro, os resultados de suas pesquisas teriam sido muito diferentes. Qualquer um que trabalhe com crianças sabe que em algumas ocasiões, com determinadas tarefas, o tempo de atenção delas pode ser surpreendentemente longo.

Portanto, não há nenhum fator interno que delimite a atenção das crianças num período específico de tempo. Conseqüentemente, o tempo não é o fator apropriado para o estudo da atenção infantil. Muito mais relevante é avaliar que tipo de tarefa atrai a atenção destes pequeninos e quais são as características essenciais nestas atividades — nível de dificuldade, características sinestésicas (de movimento) e visuais, e assim por diante. Como devemos preparar e apresentar as atividades de forma que lhes chame a atenção? Como podemos tornar o momento da história mais interessante que caminhões e areia?

Precisamos aprender a nos concentrar na atenção infantil, e não no tempo da atenção infantil.

O Mito do Compartilhar

Este mito diferentemente dos outros não tem sua origem na interpretação errônea de pesquisas científicas. Ele parece ser uma peculiaridade das escolas bíblicas. Os professores da Escola Dominical, ansiosos por ensinar aos seus alunos lições de comportamento "cristão", julgam que a idéia de compartilhar deve ser logo transmitida às criancinhas. Talvez queiram com isto solucionar problemas de escassez de materiais como lápis de cera ou blocos de construção.

Entretanto, o conceito de compartilhar não se encontra dentro das habilidades cognitivas das crianças de dois e três anos. Vejamos alguns exemplos. Numa classe de três anos, Lucas, tentando tomar um brinquedo de seu colega, grita todo o tempo: “Ele não quer dividir. Ele não quer dividir”. Em uma outra turma, a professora pega a cola de Talita, uma menininha de dois anos, e empresta por alguns instantes a seu colega, João. Talita, que tem um vocabulário reduzido, não sabe se defender sozinha e ainda está um pouco confusa por ser nova na classe. Então, permanece sentada e não faz nada. A professora diz: “Vejam como Talita gentilmente dividiu sua cola com João”.

Para algumas crianças, compartilhar significa “Tenho que entregar o meu lápis”. Para outras, “Ele tem que me dar o que eu quero”. E para outras ainda, como a pequena Talita, simplesmente não significa nada. Compartilhar envolve perceber o mundo sob um ponto de vista diferente, e isto é uma habilidade mental avançada. As crianças desta faixa etária estão aprendendo a ver o mundo do seu ponto de vista, a separar o mundo de si mesmas e a interagir com o ambiente. Mais tarde, quando tiverem uma compreensão melhor de sua posição e de seu próprio ponto de vista, poderão começar a entender o modo como uma outra pessoa vê. Então, poderão aprender o verdadeiro significado da palavra compartilhar.

Enquanto isso, podem aprender a esperar a sua vez e são capazes de compreender que se esperarem um pouco, sua vez chegará novamente, contanto que a espera não seja demasiadamente longa. Também podem aprender a ver o prazer que o seu colega sente ao chegar a vez dele e isto já é um passo em direção ao dividir. Quanto aos lápis de cera e tubos de cola, a solução é providenciar material em quantidade suficiente. Isto não é mais caro do que o sistema de “divisão”. Oito caixas de lápis de cera durarão oito vezes mais do que uma caixa numa mesma classe de oito alunos.

Como Pensam as Crianças?

A limitação da criança em relação ao seu ponto de vista é chamada de egocentrismo. Não é uma doença, nem significa o mesmo que egoísmo. É uma característica absolutamente normal nos primeiros anos de vida. No egocentrismo, a criança é o centro do mundo, este é o seu único ponto de vista. As pessoas mais velhas são capazes de se imaginar em outras situações, vendo o mundo sob outras perspectivas. Porém, com as crianças não é da mesma forma.

A idéia do egocentrismo vem da teoria do desenvolvimento mental de Piaget. Jerome Bruner e outros têm questionado esta idéia. Algumas pesquisas da "escola de Bruner" afirmam ter comprovado que as crianças são capazes de ver por um outro ponto de vista diferente do seu, por meio de experiências onde elas dão instruções a uma outra pessoa. Entretanto, mais pesquisas são necessárias para se determinar se estes resultados tiveram efetiva projeção interior ou se sofreram influência de pistas concretas externas e visuais.

O Projeto de Pesquisa da Personalidade da Union College tem por muitos anos trabalhado com este assunto e seus resultados ratificam a teoria piagetiana. Além disso, cabe observar que Piaget se ocupou com o desenvolvimento do pensamento lógico, e em relação à empatia existem aspectos que não são puramente lógicos. Por conseguinte, mesmo que, em breve, este seja um ponto de controvérsia, a teoria de Piaget não será abandonada, apenas refinada, com algumas adaptações. Seus estudos sobre o egocentrismo continuarão a ser de suma importância para aqueles que se propuserem a trabalhar com crianças.

Para termos uma visão mais concreta do egocentrismo, façamos a experiência da montanha, similar a um dos experimentos de Piaget. Você está num dos lados da montanha e deve desenhar o que vê. Então, pode fazer um desenho semelhante a este.

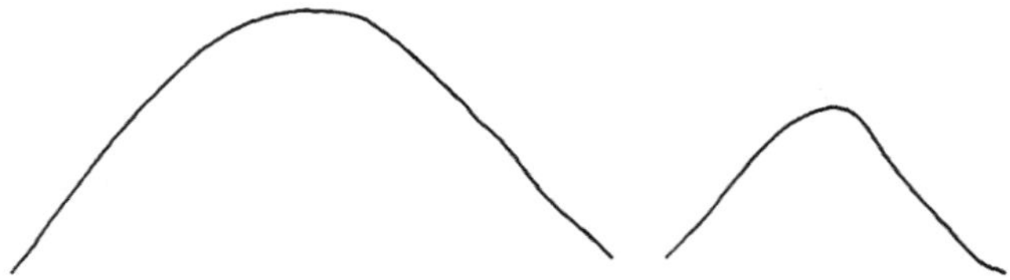

Uma montanha grande e uma pequena. Agora, você deve imaginar que está do outro lado da montanha, e desenhar novamente o que vê. Se você é um desenhista, não hesitará nenhum segundo, mas caso contrário, pensará por um momento e fará o seguinte desenho:

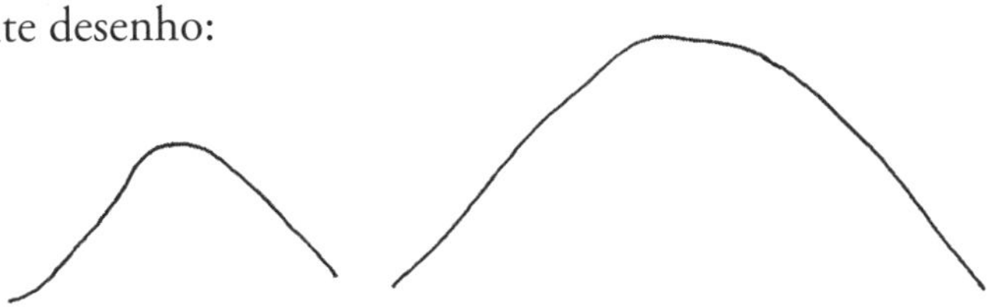

Uma montanha pequena e uma grande. Você se projetou numa outra posição e fez uma imagem mental daquilo que viu no lado oposto. Na sua mente, imaginou o outro lado e o desenhou. Suas crianças não são capazes de fazê-lo. Ainda estão muito distantes de conseguir realizar este tipo de tarefa com objetos concretos, quanto mais com idéias abstratas.

Observe a similaridade entre as palavras imagem e imaginação. Elas têm o mesmo radical. A imaginação é a habilidade de elaborar imagens mentais. Uma pessoa imaginativa pode criar em sua mente imagens de coisas que existem, que podem vir a existir e até de coisas que não existem, mas que poderiam ser inventadas, desenhadas ou pintadas.

As crianças de dois e três anos podem fazer uma observação ou um desenho que leve um adulto a dizer: "Que imaginação esta criança tem!" Mas, as crianças desta idade ainda não desenvolveram uma capacidade imaginativa. Estão simplesmente respondendo à vida do seu limitado modo egocêntrico, imaginando as coisas do seu próprio ponto de vista. Os adultos não devem tentar "ler" nas ações infantis todos os processos mentais que estão envolvidos no raciocínio de um indivíduo maduro. Em vez de ressaltar a imaginação da criança, deveria dizer: "Eu nunca pensei em ver isto deste modo. O ponto de vista desta criança deu-me uma nova perspectiva deste assunto ou objeto".

Quando uma criança brinca, fingindo ser a professora, ou o papai, demonstra os primeiros sinais de que começa a perceber um outro ponto de vista. Ela continuará a praticar, assumindo outros papéis e, aos poucos, a longa prática e a experiência finalmente permitirão que supere o egocentrismo. Por isso, este tipo de brincadeira é tão importante e deve ser incentivada na sala de aula.

O faz-de-conta pode ser considerado uma função simbólica. Ele substitui a realidade e, portanto, é um símbolo do real. A menina que "finge" realizar as tarefas diárias da sua casa não é uma mãe, mas age como se fosse. Então, o faz-de-conta é um símbolo.

As gravuras são símbolos, as imagens mentais são símbolos e o mais importante, as palavras são símbolos. A idade entre dois e sete ou oito anos é conhecida como o período da função simbólica, diferentemente dos dois primeiros anos de vida, quando as imagens têm pouco valor. Para os bebês, um objeto existe somente enquanto ele o vê. Até que tenha a capacidade de formar uma imagem mental deste objeto, quando o escondemos, é como se ele deixasse de existir. Semelhantemente, as crianças com menos de dois anos pouco utilizam as palavras e os símbolos.

No entanto, as de mais de dois anos normalmente já entraram na fase simbólica, começando a expressar seus pensamentos através de símbolos. Esta é a razão pela qual devemos concentrar nossos esforços em experiências variadas com símbolos. A criança precisa de novas experiências e dos símbolos que as representam. Devemos introduzir novos símbolos, expandindo o seu mundo gradual e continuamente. Se um objeto é macio e azul, ela precisa senti-lo e vê-lo, mas também precisa das palavras *macio* e *azul* para que esta experiência seja mais que uma experiência sensorial imediata.

Existe uma controvérsia sobre o que se manifesta primeiro: a palavra ou o pensamento. Baseadas na experiência sensório-motora de sentir e ver que algo é macio e azul, por exemplo, algumas teorias afirmam que o pensamento precede a palavra. Outras, tendem a ensinar que necessitamos de palavras ou de outros símbolos para organizar o pensamento. Afirmam que não seríamos capazes de distinguir o azul do verde, por exemplo, a menos que tenhamos palavras para caracterizá-los, dando-lhes nomes diferentes. Em algumas culturas, tais diferenças são ignoradas, como no caso dos espanhóis que não diferenciam os fonemas /b/ e /p/, enquanto os ingleses fazem esta diferença.

Na verdade, para os professores esta não é uma questão fundamental, considerando-se que objetivamos um trabalho com exposição variada e contínua de experiências e de símbolos. Devemos contribuir para que o pensamento e a palavra cresçam simultaneamente, usando imagens e gravuras, permitindo os jogos simbólicos e encorajando o uso da palavra. Os símbolos e as experiências que lhes dão significado são a mola propulsora do nosso ensino na esfera intelectual.

É importante observarmos que a criança na fase do pensamento simbólico, não realiza operações mentais com estes símbolos. Ou seja, ela pode ter a imagem mental de duas montanhas, conhecer as palavras *montanha*, *grande* e *pequena* e até mesmo distinguir *esquerdo* e *direito*. Já assimilou todos estes símbolos do pensamento, mas ainda lhe falta uma função muito importante. Tais símbolos ainda não foram interiorizados de forma que possa realizar a operação mental de girar as montanhas, ou ela mesma, em seu pensamento, para "ver" estas imagens pelo outro lado. De acordo com Piaget, esta criança está no estágio pré-operacional do pensamento.

Para as crianças, as palavras são concretas, mesmo que para nós o significado de cada uma delas seja mais complexo. Quando um filho senta-se no colo de seu pai e diz "Me ama", em linguagem adulta, ele quer dizer "Me abraça". É claro que não há nenhuma linha divisória entre concreto e abstrato e por mais que nos esforcemos, muitas das palavras que usamos com as crianças são abstratas. Mas não há nenhum mal nisto. O longo caminho na construção das abstrações que elas precisarão mais tarde tem de começar em algum lugar. Este começo é o concreto.

Resumindo, o pensamento da criança é:

(1) Egocêntrico, provindo de si mesmo para fora.

(2) Simbólico, ampliando o seu pensamento da experiência real, através do uso de símbolos, tais como, imagens e palavras.

(3) Concreto, seus símbolos representam coisas concretas.

(4) Pré-operacional, visto que ainda não manipula seus símbolos em operações mentais.

A criança na fase pré-operacional tem conceitos limitados de tempo, espaço, relação e causalidade. A descrição e ilustração destas características do pensamento infantil se encontram no capítulo 5.

Desenvolvimento Sócio-Emocional

As crianças revelam os seus sentimentos muito facilmente. Suas ações são pistas para o conhecimento do seu interior. Estão nos primeiros estágios da aprendizagem de como lidar com seus sentimentos e de como agir "em sociedade". A experiência do maternal deve ajudá-las neste processo. Aprender a conhecer a si mesmo, a conhecer os seus sentimentos, a interagir com os outros e aceitar-se, sentindo-se seguro no seu próprio mundo são algumas das muitas tarefas deste estágio da vida.

Estes aspectos do desenvolvimento infantil não podem ser dissociados do seu desenvolvimento intelectual, pois a personalidade de uma criança é formada de um todo. O crescimento emocional é fundamental para o crescimento intelectual e o crescimento intelectual é primordial para o manejo das relações com os outros. Nos livros, esses assuntos se encontram separados para nossa conveniência em discutir e aprender sobre as crianças, mas tudo está interligado.

Embora não possamos dividir os vários aspectos da personalidade, é correto dizer que, no maternal, o professor deveria dar mais atenção ao crescimento emocional do que ao intelectual. A tão conhecida hierarquia de necessidades de Abraham Maslow nos revela o seguinte:

Os dois primeiros degraus da pirâmide são conhecidos como necessidades básicas. A não ser que estas necessidades sejam supridas, nada do que se encontra acima será alcançado. Mas, se nos dois primeiros anos de vida da criança, os pais providenciarem que suas necessidades físicas sejam atendidas, acrescidas de carinho e de sua presença constante, suas necessidades de segurança e proteção também serão satisfeitas. Quando a criança se sente segura em casa, também se sentirá segura no ambiente da sala de aula. Esta base é primordial para que possa continuar a galgar os outros degraus da pirâmide.

A segurança de que falamos não se trata apenas da segurança física de um lugar onde a criança esteja protegida de se ferir, mas, principalmente da segurança psicológica. Ela deve se sentir segura em suas aprendizagens, explorações e experimentos; não está pronta para enfrentar rejeição e crítica. Se os pais e professores julgam que seus esforços não são bons o suficiente, ela sente como se tivesse fracassado e não terá a segurança necessária para uma boa aprendizagem.

Quando os pais — e mais tarde, os professores — suprem suas necessidades básicas, numa atmosfera de amor e aceitação, estas necessidades são preenchidas e a criança se sente bem consigo mesma. Observe que as necessidades de amor, auto-estima e realização, também conhecidas como necessidades de crescimento, se encontram num nível mais alto do que as necessidades básicas na pirâmide. A partir do momento em que a criança tem suas necessidades de crescimento supridas, seu desenvolvimento se dará naturalmente. Aprenderá e nada poderá impedir este processo.

Com esta visão do desenvolvimento infantil, facilmente percebemos que o papel do professor do maternal é fazer com que seus alunos se sintam seguros, fortalecendo sua auto-estima. A sala de aula deve estar equipada com livros, gravuras, lápis de cor e outros itens relacionados à aprendizagem acadêmica, mas todas as atividades devem ser vistas como veículos que conduzam a criança ao seu crescimento como pessoa. No dia-a-dia, o professor se deparará com alunos que apresentam todo tipo de problemas em relação às necessidades descritas na pirâmide do crescimento emocional, e não existem fórmulas prontas para reverter estes quadros. Se o professor busca no trabalho com crianças solucionar os seus próprios problemas de insegurança e aceitação, não será capaz de ajudar os seus alunos. Mas, se tem equilíbrio emocional, fé inabalável em Deus e amor por seus alunos encontrará um modo de ajudar a cada um, conforme as suas carências. O estudo do pensamento infantil, a experiência do dia-a-dia e o crescimento pessoal contribuirão para a efetividade do trabalho do professor.

Crescimento Espiritual

Jesus disse que se não nos fizermos como crianças, de modo algum entraremos no Reino dos Céus. Não sabemos a idade daquela criança que o Mestre usou como exemplo, mas sabemos que

Jesus ama todas as crianças e que elas podem aprender a amá-lo.

Uma criança nascida num lar temente a Deus, cujas necessidades são supridas adequadamente, está aprendendo a confiar. Em primeiro lugar, confia nos pais, professores e outras pessoas do seu convívio, e, mais tarde, aprenderá a confiar em Deus. A criança que na primeira infância ama e é amada por aqueles que a cercam, gradativamente, saberá amar a Deus. Aquelas que têm um pai amoroso serão capazes de ver a Deus como o amoroso Pai celestial. As que são ensinadas a obedecer aos pais e a outras autoridades, adiante, aprenderão a obedecer a Deus.

Amor, confiança e obediência — estes são alguns fundamentos do crescimento espiritual. Existem outros: alegria, temor, milagres, apreciação do belo. Até mesmo o amor próprio é um passo na direção de se aprender a amar aos outros como a si mesmo. Cada parte de um indivíduo e cada indivíduo como um todo é igualmente importante para Deus e para o Corpo de Cristo.

De certa forma, a vida espiritual tem início ao nascermos de novo e alguns podem argumentar que o crescimento espiritual só se inicia quando nosso espírito é vivificado pela presença do Espírito Santo em nós. Contudo, existem atitudes que podemos tomar para educar e orientar nossos alunos até que isto aconteça. Deus fez do homem a criatura que depende dos pais por mais tempo, e cujo desenvolvimento se processa mais lentamente do que qualquer outro animal. Este fato implica vantagens que jamais imaginaríamos. Nossa pesquisa não conseguiria descobrir todas as formas de explorar este tempo. Entretanto, o ser humano, ao relacionar-se com outros, descobre coisas que a ciência desconhece. A educação e a orientação dada pelo professor às suas crianças não depende de fórmulas ou técnicas, mas de relações humanas e de Deus.

O crescimento espiritual de uma criança abrange todos os outros tipos de crescimento. É o desenvolvimento infantil de acordo com os planos de Deus.

Avaliação

1. Não é aconselhável introduzir as crianças na classe do maternal antes de dois anos e meio. V – F
2. Em média, por volta dos cinco anos, as crianças já efetivaram metade de sua aprendizagem. V – F
3. Em determinadas situações, as crianças podem ter um tempo de atenção bastante considerável. V – F
4. Compartilhar é um dos primeiros conceitos que a criança pode aprender. V – F
5. O egocentrismo está relacionado ao egoísmo natural das crianças. V – F
6. As crianças do maternal ainda não são capazes de utilizar símbolos na realização de operações mentais. V – F
7. Ao suprir as necessidades físicas e as necessidades de amor das crianças, contribuímos para o bom desenvolvimento de sua autoestima. V – F
8. O crescimento espiritual é dissociado dos outros tipos de crescimento. V – F

Respostas: 1. V; 2. F; 3. V; 4. F; 5. F; 6. V; 7. V; 8. F

2

O que as Crianças Podem Aprender?

Podemos traçar objetivos mais realistas se soubermos quem são nossas crianças e o que elas são capazes de aprender. No capítulo anterior descrevemos as características das crianças do maternal. Neste, estabeleceremos as suas possibilidades de aprendizagem. Naturalmente, estes dois capítulos estão estreitamente relacionados, pois abordam os dois lados de um mesmo assunto. Por exemplo, de um lado dizemos que a criança é egocêntrica e do outro, que as montanhas imaginadas ou desenhadas pela criança estão em tal ou tal posição. No primeiro caso, nossas palavras se concentram na criança, e no segundo, nas montanhas ou em um outro "conteúdo" de sua aprendizagem. Entretanto, o fenômeno que origina as duas descrições é o mesmo.

Assim, neste capítulo, enfatizaremos o conteúdo da aprendizagem, tentando responder perguntas como quantas e que tipo de montanhas podem ser conteúdo de aprendizagem para as crianças de dois e três anos. Os capítulos sobre trabalhos manuais, histórias, corinhos e jogos trazem outras informações a respeito deste assunto.

Aprendizagem Bíblica

Jesus e Deus. Pesquisadores com uma teologia liberal concluíram que as crianças de dois e três anos confundem Deus e Jesus, visto que lhes são atribuídas as mesmas características. Por exemplo, uma criança pode dizer que Jesus criou todas as coisas e que

Deus criou todas as coisas, ou que Jesus pode todas as coisas e que Deus pode todas as coisas. Tal confusão não perturba aqueles que acreditam que Jesus é Deus. A interpretação desta criança não está incorreta, apenas incompleta. Mais tarde, desenvolverá uma compreensão mais completa, abrangendo idéias que, no momento, estão além de sua capacidade. É claro, que, mesmo quando adultos, nossa compreensão de Deus sempre será incompleta.

A idéia que a criança tem de Jesus-Deus pode incluir as seguintes afirmações: (1) Ele criou as flores, a chuva, as crianças, enfim, tudo; (2) Ele ama as criancinhas; (3) Ele está com as crianças; (4) Ele ouve as orações das criancinhas; (5) Ele cuida das crianças; e (6) Ele mora no céu. Além disso, a criança de dois e três anos, algumas vezes, também pode pensar em Jesus como o bebê e Deus como o Pai. Ou ainda, pensar em Jesus como o menino ou o homem que fez coisas específicas nas histórias que ouve. Embora existam determinadas coisas que diga a respeito de Jesus e não diga a respeito de Deus, isto não significa que veja as diferenças entre eles. Isto acontece simplesmente porque ela pensa numa coisa de cada vez.

O que pareceria contradição, como, Deus está conosco, mas ao mesmo tempo está no céu, não é problema. As crianças desta faixa etária ainda não estabelecem relações, nem têm lógica suficiente para perceber as contradições aparentes. Então, isto não as incomoda.

Cada uma das atribuições divinas citadas acima é vista de modo concreto. Por exemplo, uma criança do maternal não consegue pensar em Deus como o Criador no mesmo sentido abstrato que nós fazemos. Quando diz: "Deus criou todas as coisas", ela quer dizer que compreende que Deus criou as flores, as árvores ou qualquer outro ser. É uma forma de enumerar aquilo que Deus criou.

O mesmo acontece com a frase "Deus cuida de nós". A idéia de cuidar é extremamente abstrata, pois inclui uma grande variedade de significados. A criança é capaz de raciocinar concretamente que Deus nos dá alimento, nos ajuda a não ter medo no escuro, e assim por diante. Utilizando estes exemplos concretos, ensinamos às crianças a nomear aquilo que Deus faz por nós. Quando ensinamos que Deus cuida de nós, ela assimila esta idéia como mais uma das coisas que Deus faz. O significado desta frase dependerá da experiência de vida de cada aluno. Uma criança pode associar o *cuidar* ao que a babá faz em sua casa, se esta for sua experiência com a palavra cuidar. Uma outra pode interpretar esta frase de outra forma.

Ao ensinarmos crianças precisamos continuamente utilizar exemplos concretos para demonstrar o que Deus fez, o que pode fazer ou como Ele cuida de nós. A palavra *amor* também é muito abstrata. A criança aprende o que é o amor mais emocional do que cognitivamente. O amor de Jesus por ela só terá significado se ela se sentir amada e aprender com as pessoas queridas que Jesus a ama. A criança não reconhece o amor, apenas o sente.

Várias são as abordagens utilizadas pelos professores para ensinar sobre Jesus. Alguns explicam que Jesus é o Deus-Homem.

Esta expressão é efetiva em mostrar que existe algo de especial em Jesus. Ninguém mais pode ser chamado de Deus-Homem — apenas Jesus. Outros explicam que Jesus é o Filho de Deus. O efeito é o mesmo; é um nome especial usado apenas para Jesus.

Uma ou outra abordagem parece ser necessária se desejamos evitar a idéia de que Jesus é como os outros homens. Estes são nomes especiais usados apenas para Jesus. Contudo, não devemos presumir que as crianças utilizam estas expressões compreendendo as relações de paternidade e divindade inerentes a elas. Por outro lado, não podemos considerar tais abordagens inadequadas, pois as crianças vêem estas palavras de forma concreta. Aprender e compreender estes nomes concretamente é o primeiro passo para uma assimilação completa do seu significado mais tarde.

Oração. Para uma criança do maternal, a oração será o que ela vive em termos de oração. Se ela já experimentou momentos de oração (antes das refeições, ao se deitar para dormir, antes de sair) em casa ou na Escola Dominical, estes atos de oração comportam o significado desta palavra para ela. Pouco a pouco, podemos estender a idéia da oração para novas experiências, ensinando-a a orar em outras situações. Se Alex faz alguma coisa contra Jorge, podemos orar com ele, dizendo: "Obrigado, Senhor, pelo meu amigo Jorge". Podemos também ensiná-la a orar quando estiver com medo, doente ou feliz.

Através de suas experiências de oração, a criança entenderá que orar é conversar com Deus. Aprenderá a agradecer ou pedir algo a Ele; a dizer a Deus que o ama e que Ele é bom. Tudo aquilo que pode dizer aos seus pais, ela poderá dizer a Deus, pois o verá paternalmente.

A Bíblia. A idéia da Bíblia para a criança se estabelecerá da mesma forma que a idéia da oração. Ou seja, sua experiência com ela determinará o seu significado. Na verdade, será o seu significado.

Contudo, ensinar o que é a Bíblia é mais fácil do que ensinar o que é a oração ou quem é Deus. Ao ensinarmos sobre a Bíblia, temos um livro, com páginas e palavras. A criança pode tocar, abrir e ler as palavras deste livro com o professor. Podemos ensinar aos nossos alunos que a Bíblia contém as palavras de Deus, e dar a ela nomes especiais — o Livro de Deus, a Palavra de Deus. Estes nomes serão como os nomes que damos a Jesus; ajudam as crianças a compreender que a Bíblia é um livro especial, embora ainda não alcancem o significado abstrato que damos a estas expressões.

As crianças podem começar a aprender que devem amar a Bíblia, novamente, por meio de situações concretas; como, por exemplo: "Amamos a Bíblia, por isso a fechamos com cuidado"; "Amamos a Bíblia, por isso não a deixamos cair no chão". Devemos ensiná-las a amar a Bíblia da mesma forma que as ensinaríamos a amar um irmãozinho que acabou de nascer — segurando com cuidado, tratando com carinho e assim por diante. Elas necessitam de orientação para saber como agir. Mostre-lhes como virar as páginas, como fechar a Bíblia (sem bater com força), onde e como guardá-la.

É muito importante criar o hábito de toda semana, tomar a Bíblia e "ler" com eles algumas palavras. O versículo pode ser bem pequeno, como: "... o Filho do Homem, que está no céu" (Jo 3.13). Manusear e ler a Bíblia nesta fase é importante não apenas pelo ensinamento cristão, mas porque é uma boa experiência de pré-leitura. Todos nós sabemos que o contato com livros antes da alfabetização favorece o bom desempenho e o gosto pela leitura mais tarde. Nós, que temos em nossas mãos o melhor de todos os livros, não podemos aguardar que nossas crianças tenham suas primeiras experiências com livros e sejam alfabetizadas, para então, bem mais tarde, apresentar-lhes a Bíblia. Certa vez, uma criança de quatro anos disse: "Quero aprender a ler, para poder ler a Bíblia".

O Bem e o Mal. Não é fácil ensinar à criança o conceito de bem e mal, pois a despeito de nos parecer idéias simples, são extremamente abstratas. Como toda idéia abstrata, este conteúdo de ensino deve ser introduzido através de exemplos específicos, individuais. A criança é capaz de aprender que é bom agir de uma determinada maneira e mau, de uma outra. Ela pode aprender que Deus quer que ela tenha algumas atitudes. Porém, o conceito de "ser bom" não é bem compreendido. É necessário que ela aprenda o significado da palavra bem e que Deus quer que ela seja uma boa pessoa. Podemos lhe ensinar o versículo "... Faze o bem..." (Sl 37.27), mas somente os acontecimentos classificados como bons ou maus do seu dia-a-dia a levarão à construção do significado destas palavras.

Poucas crianças nesta faixa etária conseguem compreender que precisam de Jesus para estar perto daquilo que Deus espera de nós. No entanto, a maioria delas, se ensinadas cuidadosamente, entenderá e abraçará o plano da salvação mais tarde.

Histórias Bíblicas. Em nossos dias, com tantos estudos sobre o que a criança é capaz ou não de aprender e a preocupação em introduzir os ensinamentos bíblicos nos primeiros anos de vida da criança, existe uma tendência a adotar uma postura rígida sobre quais as histórias bíblicas que devem ser utilizadas com as crianças. De um lado, alguns julgam ser adequado ensinar-lhes sobre a maioria dos personagens do Antigo Testamento, em ordem cronológica. De outro, ansiosos em relação à "aplicação prática" ou às "necessidades das crianças", professores se perguntam: "Por que elas devem aprender sobre Abraão?" Na verdade, muitas das histórias da Bíblia podem ser relacionadas às necessidades de crescimento das crianças. Elas podem imitar os sons dos animais da Arca de Noé, como faz com os animais da fazenda ou do zoológico. Aprendem tão bem com os versos e ilustrações da história de Sansão, quanto com o livro Patinho Feio ou Os Três Porquinhos.

A Bíblia contém riquíssimo material para o ensino de vocabulário, fonética, uso da linguagem, imagens de pessoas e objetos, e moral da história, assim como para a construção dos conceitos de Deus, Jesus e valores cristãos. As histórias da Bíblia muito contribuem para a educação cristã das crianças do maternal.

É interessante observar que as histórias podem ser repetidas tanto quanto os corinhos. As crianças gostam de ouvir as mesmas histórias repetidas vezes, seja através de versos, livros, flanelógrafo, ou outro recurso qualquer. Freqüentemente acabam por decorálas e começam até mesmo a contá-las. Como fazemos com as músicas e os versos, não devemos limitar a repetição das histórias.

Aprendizagem Cognitiva

A aprendizagem cognitiva se refere ao aspecto intelectual do desenvolvimento. As crianças de dois e três anos se encontram no que pode ser chamado de período simbólico do seu desenvolvimento mental, que se estende dos dois até os sete ou oito anos, como descrito no primeiro capítulo. A maior parte do trabalho mental da criança nesta fase está relacionada à aquisição de símbolos. Os símbolos se constituem no material que a mente necessita para formular o pensamento. A sala de aula deve propiciar oportunidades e promover a aprendizagem dos símbolos. Vejamos agora, os três principais tipos de símbolos: palavras, figuras e imagens.

Palavras. Provavelmente o desenvolvimento mais significativo no maternal é o crescimento no uso da linguagem oral. Aos dois anos de idade, o vocabulário infantil é cerca de 150 palavras. Até os quatro, este vocabulário aumentará em média para 1500 palavras. É um crescimento décuplo para um período de apenas dois anos. Estas palavras são, em sua maioria, nomes de objetos. Existem inúmeras maneiras de ajudar nossos alunos a aprender a nomear as coisas (objetos reais, desenhos ou ações). Peça que as crianças repitam as palavras. Encoraje-as a contar os fatos, utilizando a conversação como uma das atividades em grupo. Incentive o diálogo em todas as oportunidades. Aprenda a ver a conversa das crianças como uma das mais importantes atividades da sala de aula.

Se não compreendermos a mente infantil, suas palavras podem nos levar a uma avaliação equivocada de sua maturidade. Existe uma tendência a entendermos nas palavras das crianças muito mais do que elas querem dizer. Não podemos projetar na fala da criança o nosso significado ou compreensão das palavras e conceitos.

Após o advento da televisão, houve uma época em que se declarava que as crianças daquela geração iriam muito mais além do que a geração que as havia precedido, porque estavam aprendendo mais e iniciando sua aprendizagem mais cedo. Hoje em dia, esta esperança se desvaneceu e um olhar mais crítico revela a superficialidade desta aprendizagem. De fato, as crianças falam até sobre criaturas dos mares do sul. Seu vocabulário pode ser sofisticado, mas seu desenvolvimento mental continua num padrão normal para as crianças de sua idade.

Não devemos ter medo de ensinar palavras. Todavia, não podemos ter a ilusão de que as palavras ensinadas são compreendidas em toda a sua extensão. Espalhou-se a idéia de que não devemos ensinar os versículos bíblicos e os corinhos, sem a certeza de que a criança compreende o seu significado. Esta é uma visão muito extrema, visto que faz uma separação entre o significado e a palavra, e presume que, de algum modo, podemos nos satisfazer totalmente do significado e a seguir nos saciaremos da palavra.

É mais correto dizer que o significado e a palavra crescem juntos.

Primeiramente, uma criança não aprende uma palavra sem um contato constante com ela. É necessário que a ouça e utilize várias vezes até que se torne parte do seu vocabulário. Somente ao se deparar com esta palavra em momentos específicos, em contextos variados, é que construirá a idéia do seu significado.

Em segundo lugar, a criança tem diversos níveis de vocabulário, do mesmo modo que os adultos. Existem palavras que compreendemos ao lê-las num livro ou ouvi-las num discurso, mas, que não fazem parte do nosso "equipamento mental" a ponto de a utilizarmos. A criança também experimenta os mesmos tipos de níveis. Muitas vezes, as palavras que usamos têm algum sentido para ela, dentro daquele contexto. Começam a utilizá-las por mimetismo, mesmo sem entender o seu significado, e mais tarde, finalmente chegam a um nível de uso com compreensão.

As palavras são uma parte legítima dos nossos ensinamentos. As palavras bíblicas e outras importantes para a vida cristã são básicas, tais como: obediência, sabedoria, amor, bem, mal, Deus, Jesus, Bíblia, Noé, Pedro... Devemos ensiná-las, permitindo que nossas crianças cresçam com elas. Do contrário, as abandonaremos, deixando para o seu vocabulário os monstros da televisão, a coca-cola e o Ursinho Puff, até que estejam mais velhas e possam aprender o nosso vocabulário mais rapidamente.

Em resumo, precisamos de equilíbrio. As palavras não devem ser ensinadas isoladamente, mas num ambiente de aprendizagem rico em contextos variados. E, ao mesmo tempo, não devemos nos iludir quanto à maturidade de nossos alunos, quando começarem a usar as palavras ensinadas.

Figuras. A figura é um outro tipo de símbolo que utilizamos como combustível para o pensamento. São tão comuns para nós que nos esquecemos que as crianças necessitam aprender a "ler" as figuras, da mesma forma que tiveram de aprender a ver o mundo, primeiramente. Certa vez, uma mulher relatou que após anos de cegueira, recobrou a visão. Ao passear pela rua, a imagem das árvores que pareciam correr em sua direção e do chão que "corria" sob ela deixou-a desnorteada. Precisou fechar os olhos e se deixar levar pelo seu cão-guia para seguir adiante no caminho. Para aprender a ver as árvores e o chão numa perspectiva adequada em relação a si mesma e aos outros objetos, foi necessário tempo e concentração.

A criança também aprende a ver as coisas e as suas experiências a ajudam neste processo. Quando começa a ver gravuras, tem em suas mãos um novo mundo para organizar. Existem diversas habilidades envolvidas na leitura dos desenhos. Não podemos simplesmente mostrar a uma criança do maternal a figura de um camelo, por exemplo, e esperar que repentinamente saiba o que é um camelo. Nossos recursos visuais não produzem este tipo de mágica. Os adultos que viram camelos somente em gravuras e sabem como um camelo se parece, adquiriram este conhecimento através de uma combinação de habilidades e operações mentais. Comparam o tamanho das coisas. Avaliam o tamanho do camelo em relação ao homem. Comparam diversas características dos camelos com as de outros animais vistos ou tocados. Porém, a criança do maternal não tem esse conhecimento adquirido, nem essa habilidade de efetuar operações mentais. Precisará de muita experiência com figuras para aprender a lê-las apropriadamente.

Existem duas escolas a respeito do tipo de figuras que melhor se adequam à aprendizagem inicial das crianças. Alguns aconselham o uso de figuras simples de um ou de poucos objetos, sem fundo e com um mínimo de detalhes extras. Outros nos aconselham a utilizar gravuras completas, com muitos detalhes. O problema é que nenhuma pesquisa sistemática foi realizada de forma a abranger as várias idades e os diversos propósitos de ensino. O mais aconselhável é propiciar às crianças experiências com todos os tipos de gravuras. As figuras simples de somente um objeto atingirão alguns objetivos com as crianças, como aprender o nome de objetos ou de grupos de objetos; e as gravuras completas e detalhadas atingirão outros objetivos, tais como relacionar objetos dentro de uma gravura e ler a sua "história".

A conversa simples é a melhor maneira de ajudar as crianças a aprender com uma figura. Apenas converse com elas sobre o desenho. Podemos começar perguntando: "O que você vê?" Então, pergunte: "O que mais?", e "O que mais?", até que as crianças tenham observado bem o conteúdo da gravura. A seguir comece a fazer perguntas que requeiram outros tipos de raciocínio. (Você acha que o filhotinho vai gostar daquela minhoca? Que outros tipos de comida a mãe do passarinho poderia trazer para ele? Como a mamãe sabia que seu filhotinho estava com fome? Vocês acham que este ninho é feito de quê? O que o passarinho vai fazer quando crescer? Será que ele vai procurar sua própria comida?)

Algumas gravuras serão usadas para contar uma história. Após ouvi-la uma ou mais vezes, as crianças podem descrevê-las. Outras, podem ser usadas para jogos de nomear e de memória, que ajudam a desenvolver a linguagem. Jogos como esses são apresentados no capítulo seis. E algumas outras, podem ser construídas por partes, no flanelógrafo. Utilize as gravuras de diversas formas.

Algumas vezes, pode-se desenhar as figuras enquanto as crianças assistem. Anuncie que irá desenhar algo criado por Deus, e enquanto o faz — uma árvore, uma flor ou uma borboleta —, as crianças tentam adivinhar. Desenhe uma série de coisas que precisamos e pergunte-lhes para que precisamos de cada uma delas — um copo de água para beber, pão para comer, uma lanterna para enxergar, uma porta para fechar. A série pode terminar com uma gravura pronta de Jesus. Por que precisamos de Jesus? Para nos dar vida.

Podemos também utilizar "gravuras vivas" a fim de fazer par com os desenhos. Para esse fim, utilize figuras de flanelógrafo e facilmente conseguirá adaptar a atividade a qualquer nível de dificuldade. Coloque a figura de Maria no painel e chame uma criança para ser Maria. Coloque a figura de José e chame outra criança para ser José. Auxilie as outras crianças a comparar a Maria e o José do desenho com a Maria e o José representados pelas crianças. Acrescente pastores ou Simeão e Ana. Depois desta experiência de formar quadros vivos, permita que continuem a montar outros quadros fora do planejamento. Deixe que estudem um quadro num painel, e tentem duplicá-lo.

Imagens. Imagens são quadros que formamos em nossas mentes — imagens mentais que representam acontecimentos reais ou imaginários, que podem retratar fielmente a vida real ou que podem estar distorcidos. Consistem num outro tipo de símbolos que precisamos a fim de usar como combustível para o pensamento. Ao contrário do que normalmente se pensa, as crianças não são naturalmente mais hábeis nisso do que os adultos. Precisam aprender esta habilidade como qualquer outra pessoa. Uma boa experiência de vida é a melhor maneira de desenvolver esta habilidade.

Gravuras, histórias com visuais, livros ilustrados e outras atividades de aula ajudam a aumentar a experiência de vida. Quando as crianças forem mais velhas, é aconselhável, de vez em quando, a apresentação de histórias sem visuais para que possam usar e desenvolver a habilidade de interiorizar e formar suas próprias imagens mentais. Durante o maternal, esta habilidade ainda não está bem desenvolvida e as histórias com recursos visuais são mais efetivas.

O sentido cinestésico ou do movimento é um importante caminho no desenvolvimento da percepção e interiorização das imagens. Os professores podem utilizá-lo em muitas atividades de movimento comuns nas classes de maternal. Ao dramatizar uma história, as crianças podem interpretar uma árvore crescendo, formar o sol com os seus braços e assim por diante, sentindo a história através do seu corpo.

Posição, movimento, tensão e outras sensações são percebidas através dos músculos, tendões e articulações. A atividade de formar quadros vivos descrita acima utiliza uma combinação de visual e sentido cinestésico como auxílio no desenvolvimento das imagens internas das figuras. Esta combinação está adequada para essa faixa etária. Nos primeiros anos de vida, a aprendizagem se processa, em grande parte, por meio do sentido cinestésico e nossas crianças estão crescendo para um mundo onde a escolarização toma grande vulto e os indivíduos depositam sua confiança no sentido visual e na percepção do ambiente. Mais tarde, poderemos ver uma ação — por exemplo, um jogo de tênis — numa foto ou num filme, sendo capazes de interiorizá-lo. Ou seja, temos uma visão mental do que seria rebater a bola. Podemos até mesmo somente ouvir o jogo ou uma outra ação qualquer e, ainda assim, seríamos capazes de interiorizar a imagem, mais perfeitamente ou não, dependendo de nossa experiência com a ação em questão.

As crianças do maternal ainda necessitam de muita aprendizagem cinestésica para ajudá-las a interiorizar as imagens. A experiência com objetos reais também é válida. Gradualmente, as figuras e as palavras podem enriquecer a experiência infantil, levando-a além do ambiente imediato. A junção do sentido cinestésico com o visual — unindo ação e figuras — é um utilíssimo procedimento de classe para este propósito.

Aprendizagem Física

Entre dois e quatro anos, a média de crescimento das crianças diminui. Podem crescer cerca de doze centímetros e ganhar por volta de quatro quilos.

Este período da vida é utilizado para aperfeiçoar habilidades físicas. A criança supera o engatinhar e aprimora o caminhar.

Aprende a correr com maior habilidade. Provavelmente, sua maior façanha física nesses anos seja a perfeição em andar e correr. Aprende a escalar com rapidez e precisão. Toda atividade física é mais direcionada do que nos primeiros dois anos de vida.

Enquanto adquire precisão em movimentos maiores, ainda não alcançou o mesmo estágio na coordenação motora fina, tais como nos movimentos necessários para escrever e colorir. Por isso não é apropriado buscar precisão nesse tipo de trabalho. Tais habilidades dependem mais de maturidade do que de aprendizagem. No tempo certo, aprenderá estas coisas facilmente. É mais acertado programar atividades de aprendizagem que estejam adequadas ao atual nível de desenvolvimento das crianças, do que tentar forçálas em direção ao próximo estágio de desenvolvimento. A característica deste período é que a criança se lança em novas habilidades por vontade própria. Quando uma nova frase ou palavra a deixa intrigada, ela a pratica repetindo várias vezes, aparentemente pelo puro prazer de enrolar a língua ao dizê-la. Faz o mesmo com o uso de lápis, gizes de cera ou argila. O movimento — a manipulação — é o propósito da atividade.

Às vezes, os professores têm dificuldade em se adaptar a isto, por causa da nossa visão adulta, tão orientada em direção ao produto final. Pensamos que o objetivo da atividade de aula é produzir algo, completar um desenho, modelar um objeto, ou algum outro produto final. Contudo, a visão da criança é orientada em direção ao processo. Ela pinta, colore ou amassa. Gira o pincel, movimenta o giz de cera ou empurra a argila ou massa de modelar. Gradualmente se interessa em produzir alguma coisa e por volta dos quatro anos entra no estágio da representação na sua arte, desenhando e modelando representações de pessoas e objetos. Este crescimento deve acontecer naturalmente. A criança necessita de abundantes experiências com processos antes de se concentrar no produto final. Não force o surgimento desta fase antes do momento apropriado.

Aprendizagem Sócio-Emocional

Uma das mais importantes aprendizagens infantis durante o maternal se encontra na área sócio-emocional. Um bom desenvolvimento emocional contribui para outros tipos de aprendizagens. E, por outro lado, o resultado mais importante de outras aprendizagens pode ser a contribuição para o desenvolvimento sócio-emocional de um indivíduo.

Nesta faixa etária, a criança é em grande parte um indivíduo autônomo, nos primeiros estágios de se tornar uma criatura social. Seu mundo egocêntrico começa a se abrir um pouco e de maneira crescente passa a perceber os outros. Embora não seja verdadeiramente sensível às necessidades dos outros, pode ser ensinado de várias formas a responder aos outros. As experiências em grupo são valiosas para as crianças nesse estágio de desenvolvimento.

A criança é capaz de aprender em situações específicas como fazer os outros felizes. Podemos recompensá-la por dar um brinquedo a um colega que chora, ou por ajudar uma outra criança menor a alcançar algo que está num lugar alto, ou por não empurrar alguém. Recompense-o com um elogio, um brinquedo ou com outro prêmio palpável. Por mais que pareça promoção de motivos egoístas, tal atitude providencia uma fundação para que ela ajude os outros mais tarde, sem egoísmo. Além de recompensá-las freqüentemente, devemos também fornecer às crianças idéias de como ajudar aos outros. Cada incidente específico é uma experiência de aprendizagem que pode ser compreendida pela criança. Porém, não são capazes de compreender admoestações gerais sobre ser bom com seus colegas ou sobre como dividir com os outros.

Converse sobre todos na sala de aula. Ajude-os a aprender os nomes de seus colegas e também a aprender algo sobre eles. Assegure às crianças que os outros são seus amigos.

Dê-lhes oportunidades para realizar atividades juntos — não cooperativamente, pois isso não é inteiramente possível, mas coletivamente. Quando dramatizarem uma história, todos podem ser José procurando por seus irmãos, ou Noé construindo a arca. Ao montar os murais, todos passam cola nas folhas. Utilize jogos simples, dirigidos.

A criança não somente precisa aprender a manejar suas relações com os outros, mas também aprender a lidar consigo mesma. Ao testar suas habilidades, freqüentemente se atrapalha, ficando zangada ou frustrada. O professor pode estabelecer rotinas e ordens na sala de aula. A criança consegue se ajustar às rotinas e isso reduz o número de decisões que deve tomar, conseqüentemente reduzindo a freqüência de suas frustrações. Acessos de raiva são comuns nessa idade e a melhor maneira de lidar com eles é ignorá-los. Mostre indiferença a este tipo de comportamento, elogiando e dando atenção a comportamentos sociais aceitáveis.

Enquanto aprendem a se tornar sociais e desenvolvem a fundamento do caráter e personalidade cristãos, as crianças necessitam de orientação sábia e paciente. O professor deve olhar para esses aspectos do desenvolvimento como uma parte do seu trabalho mais importante do que as aprendizagens cognitivas que possam acontecer em sua sala de aula.

Avaliação

1. Se a criança aprender sobre Deus muito cedo, pode crescer com uma imagem distorcida de Deus. V – F
2. É possível fazer o conceito de oração concreto o bastante de forma que a maioria das crianças do maternal o compreendam. V – F
3. Bem e mal estão entre os conceitos mais simples para se ensinar. V – F
4. Os três principais tipos de símbolos adquiridos pelas crianças na primeira infância são palavras, figuras e imagens mentais. V – F
5. As crianças não precisam compreender plenamente um versículo bíblico ou um corinho antes de aprendê-lo. V – F
6. A leitura de gravuras envolve habilidades complexas. V – F
7. As crianças do maternal geralmente têm mais imaginação do que os adultos. V – F
8. Tentar ensinar as crianças a pintar dentro das linhas não acrescenta nenhum benefício em termos de desenvolvimento. V – F
9. A aprendizagem sócio-emocional da criança não é tão importante quanto sua aprendizagem cognitiva. V – F

Respostas: 1. F; 2. F; 3. F; 4. V; 5. V; 6. V; 7. F; 8. V; 9. F

3

Que Trabalhos Manuais as Crianças Podem Fazer?

Algumas vezes o professor fica tentado a buscar uma idéia exótica para realizar trabalhos manuais e avalia um seminário ou oficina como excelente, se voltou para casa com uma "fascinante" nova idéia. Na verdade, idéias novas revigoram a vida do ensino, e podemos utilizá-las esporadicamente. Contudo, para uma longa sucessão de aulas, semana após semana, o professor precisa saber como manejar idéias básicas.

Colorir

A atividade de colorir supera todos os outros tipos de trabalhos manuais em popularidade e uso tradicional. Porém, se esta atividade deve ou não ocupar um lugar de tanto destaque é uma questão interessante. Alguns professores julgam que colorir é uma tarefa "educacional" para as crianças. Acreditam que é bom para as crianças aprender a fazer trabalhos limpos, permanecendo dentro das linhas e que, através desses trabalhos, elas aprendem conteúdos bíblicos. Outros professores acreditam que as crianças não são capazes de pensar em conteúdos bíblicos se estiverem concentradas em tentar pintar dentro das linhas. E ainda existem outros que afirmam que o desenvolvimento neurológico e muscular das crianças desta faixa etária não as capacita para trabalhos que requeiram exatidão. Além disso, professores de arte preocupam-se com o fato de que tais atividades possam sufocar a criatividade das crianças.

Você pode constatar que sua opinião sobre o assunto diverge daquilo que pensam os pais ou os professores das escolas seculares freqüentadas por seus alunos. Alguns de seus alunos já podem ter sido ensinados a colorir cuidadosamente dentro das linhas e outros podem parecer nunca ter visto um desenho para colorir. A fim de se posicionar adequadamente em meio a essa situação, o professor deve se convencer de que o simples ato de colorir não é uma parte tão importante na sua lição bíblica. Esta atividade não ensinará nenhuma criança a aprender como amar ao Senhor ou como viver melhor uma vida cristã. Nenhum pai se converterá ao Senhor porque as folhinhas de seu filho estão coloridas com perfeição.

Outras coisas mais importantes do que a habilidade de colorir podem ser enfatizadas. Converse e ajude as crianças a conversar sobre uma gravura. Elas são capazes de aprender a dizer quaisquer novas palavras envolvidas na conversa. Algumas podem aprender a contar a história que acompanha a gravura. Após esta preparação, permita que pintem o desenho como quiserem, de rabiscos a "pinturas perfeitas".

Nesta parte da aula, o professor deve se concentrar mais nas crianças do que nos seus desenhos. Deixe que se divirtam com a atividade. Ajude-as a adquirir autoconfiança. Não as critique, nem as pressione a colorir esta ou aquela parte, ou a usar verde em vez de marrom. Não utilize esta atividade como um momento para ensinar a "compartilhar"; tenha gizes de cera em quantidade suficiente para todos. Aprecie os trabalhos das crianças de maneira genuína, sem sentimentalismo.

Para variar a atividade, o professor pode experimentar outras opções, além dos gizes de cera. As crianças amam pintar com canetinhas hidrocor em virtude das cores vibrantes. O giz co-

mum permite misturar as cores. Os riscos com giz molhado produzem um outro tipo de efeito. De vez em quando, dê às crianças papel em branco em vez de desenhos.

Algumas crianças do maternal podem aprender a utilizar o giz de cera com moldes. Prenda silhuetas feitas com cartolina na mesa. A criança aprende a colocar a folha sobre o molde, esfregando nela o giz de cera. Como esta não é uma atividade comumente realizada em casa, talvez seja necessário repetir o projeto três ou quatro vezes, para que a criança adquira habilidade suficiente para realizar a tarefa sozinha.

Desenho

Esta categoria foi incluída mais para dizer o que as crianças não podem realizar do que para demonstrar o que podem fazer. A informação contida aqui salvará o professor — e seus alunos — de uma aula em que lhes sejam distribuídas folhas em branco, com a orientação de desenhar sobre a história do dia. Esta atividade é perfeita para crianças do jardim de infância, mas não para o maternal.

Um breve resumo da seqüência do desenvolvimento das crianças na arte de desenhar auxiliará o professor a compreender aquilo que já observa entre seus próprios alunos.

1. *Estágio dos rabiscos.* Manipulação exploratória dos músculos, dos gizes de cera e dos lápis.
2. *Estágio do reconhecimento.* A criança "vê" algo em seus rabiscos. Normalmente, começa por identificar desenhos em forma de círculo como pessoas. Primeiro desenha e depois dá nomes aos seus desenhos.

3. *Estágio da representação.* A criança diz o que vai desenhar antes de fazê-lo. Seus primeiros desenhos são geralmente círculos com apêndices que formam pessoas com aparência de girinos. Então, avança para representações mais e mais maduras de objetos que deseja desenhar.

Ao compreender a seqüência do desenvolvimento do ato de desenhar e observar em que estágio suas crianças se encontram, o professor nunca pedirá a seus alunos o impossível. Na verdade, no maternal o desenho não será uma atividade constante. O melhor tipo será o produzido espontaneamente pelas crianças.

Ocasionalmente, uma lição de desenho dirigido pode ser aplicada. Pode-se utilizar o método da demonstração. "Querem me ver desenhar uma árvore?" Então mostre como se desenha a copa de uma árvore e como lhe adicionar um tronco. O desenho deve ser extremamente simples. As crianças podem ser encorajadas a fazer o mesmo.

Manipulação

Esta é uma categoria abrangente que inclui brincadeiras com água, areia, quebra-cabeças e outros itens para relacionar, classificar, dar seqüência e manipular de várias maneiras. Também pode incluir amassar pãezinhos, decorar biscoitos e numerosas outras atividades que o professor possa trazer para a sala de aula a fim de estimular e ajudar as crianças a aprender por meio de situações reais.

A argila e a massa de modelar são sempre as melhores amigas do professor. Quando as crianças começam a empurrar uns aos outros, demonstrando desta e de outras maneiras que estão inquietas e que já prestaram atenção ao professor tanto quanto lhes foi possível, o professor utiliza a argila.

O que as crianças pequenas podem fazer com a argila? Nessa área suas habilidades são similares às da seqüência descrita anteriormente no tópico "Desenho". Ou seja, se as crianças ainda não alcançaram o estágio da representação, não podemos esperar que voluntariamente modelem pessoas ou objetos. Por vezes, podem formar algo e então dizer o que é aquilo, mas não é o mesmo que primeiramente decidir o que vai fazer e depois modelar o objeto.

A atitude mais correta é ajudá-las a aprender as diversas maneiras de manipular. Sente-se com elas, amassando um pouco de argila também. Converse sobre o que estão fazendo. "Veja, Bruna está fazendo um rolinho longo e fino". "Gilberto empurrou com a mão e fez um grande buraco". Quando as crianças esgotarem suas idéias, dê algumas sugestões. Pode-se amassar, puxar, esticar, enroscar, amontoar, formar bolas, separar, unir. Fazer formas achatadas, redondas, longas, curtas, pontudas. Pode-se empurrar a argila com o dedo, formando dois olhos e dizer: "Olhem, fiz um rosto". O rosto pode ser de uma ovelha ou de um homem de acordo com a lição do dia. Corte biscoitos com tampas plásticas de garrafas. Utilize moldes e imprima figuras de qualquer formato interessante.

A massa de modelar vendida nas lojas geralmente é muito dura para o uso das crianças pequenas. A receita que se segue produz uma massa de modelar inteiramente satisfatória para o uso no maternal. Se mantida num recipiente hermético, durará por meses.

1 $^{1}/_{2}$ xícara de farinha de trigo (sem fermento)
1 xícara de sal
1 colher de sopa de sulfato de alumínio (pedra-ume) em pó
1 colher de sopa de óleo vegetal
1 xícara de água fervente
corante

• Misture os ingredientes secos. Adicione o óleo e água fervente. Bata vigorosamente até que a mistura esteja homogênea. Adicione o corante e amasse até que a cor esteja uniforme por toda a massa.

A seguir, vemos a seqüência de desenvolvimento pela qual a criança passa ao trabalhar com materiais para modelar.

1. A criança manipula — bate, soca — de maneira exploratória.
2. Com controle consciente, a criança enrola, divide e tenta outras formas de manipular. Por vezes, nomeia o que foi produzido.
3. A criança é capaz de escolher o que vai fazer. Sua habilidade se aprimora, podendo retirar ou acrescentar detalhes, tais como nariz e pernas.

A brincadeira com areia e com água é um tipo de atividade natural, básica para as crianças desta faixa etária. Antes mesmo que fosse inventado o termo maternal, as crianças já aprendiam sobre seu mundo através das brincadeiras com a areia, o barro e a água ao seu redor.

O local ideal para essas atividades é a área externa. Contudo, muitos professores já encontraram formas de realizá-las na sala de aula. Geralmente, o sistema é composto de uma caixa no centro da sala, para facilitar a limpeza mais tarde. Uma caixa grande para que várias crianças possam brincar ao mesmo tempo pode ser construída assim:

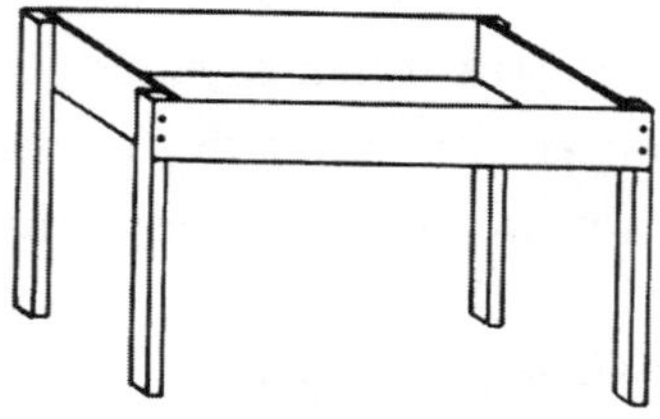

Uma caixa pequena para uso de duas crianças pode ser assim:

Pode-se também utilizar grãos em vez de areia, pois facilita a limpeza do chão. Trigo, os vários tipos de sementes para pássaros e até feijões já foram utilizados por professores criativos ao encontrar materiais rejeitados em indústrias ou fazendas locais.

A caixa de areia pode ser utilizada como visual para contar histórias. Muitas histórias bíblicas naturalmente nos levam a este recurso, por exemplo, Maria e José viajando para Belém ou a família de José viajando para o Egito.

Após contar a história, as crianças podem recontá-la ou repetir uma parte dela. No entanto, como em todas as brincadeiras, as crianças não permanecerão com a estrutura da história contada por muito tempo. A brincadeira na caixa de areia logo seguirá o rumo determinado pelas próprias crianças. Nos seus experimentos com areia, as crianças farão bom uso de colheres, pás, pedaços de canos ou mangueiras, peneiras ou outras ferramentas que possam ser providenciadas. Podem utilizar todos os tipos de recipientes para encher, despejar, espargir e assim por diante. Tenha recipientes com tampa. Faça buracos em outros.

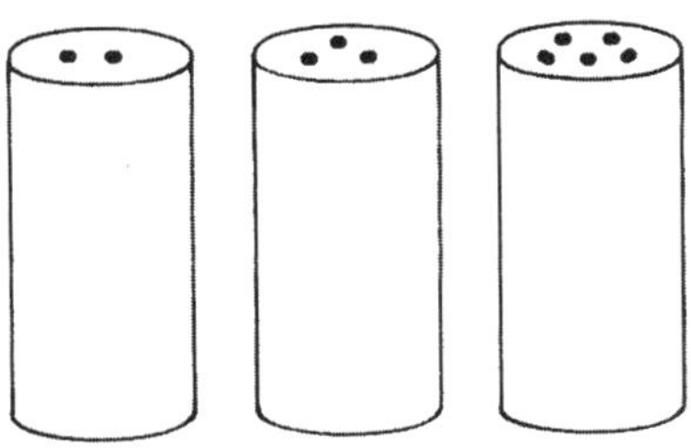

Buracos na parte superior para espargir.

Buracos no fundo para peneirar.

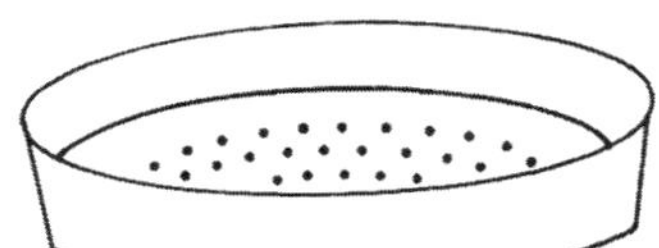

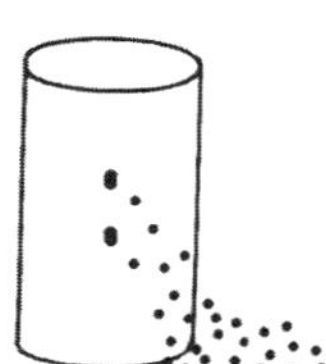

Buracos nos lados para situações ao acaso.

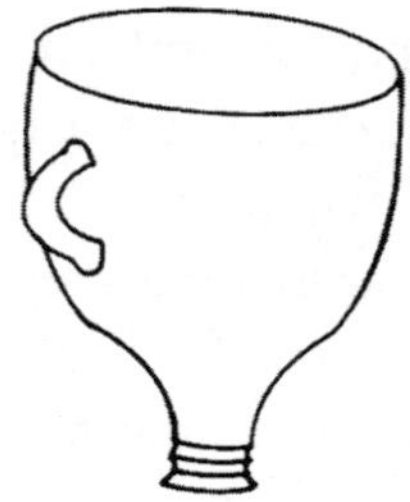

Buracos dos dois lados para fazer funis ou garrafas que nunca serão preenchidas.

Pedro era um menino que ficou tão intrigado com a pequena caixa de areia de sua classe da Escola Dominical, que por diversas semanas a professora não conseguia atrair sua atenção para a hora da história ou qualquer outra atividade. Se alguém incluísse Pedro numa pesquisa de período de atenção, teria gravado a cada semana uma hora ininterrupta de atenção às suas próprias pesquisas na areia. Durante esse período, Josh via algo a mais em ir à Escola Dominical. Sempre tinha uma alegre recepção ao chegar e um adeus sorridente de sua professora.

Passadas várias semanas, a necessidade que a brincadeira na areia preenchia no desenvolvimento de Pedro foi satisfeita, qualquer que tenha sido ela. E Pedro começou a se integrar nas outras atividades de sua classe. Nem sempre somos capazes de saber o que uma criança está aprendendo, mas quando ela se dedica com afinco a uma atividade, podemos ter certeza de que algo importante está acontecendo.

Aprendizagens de vocabulário podem acompanhar a brincadeira na areia. Um professor sensível pode enriquecer esta atividade iniciando uma conversa com as crianças. Palavras que orientam direções e posições são particularmente importantes para a compreensão das histórias. E isso pode ser vivenciado de forma concreta na caixa de areia. Acima, abaixo, à frente, do outro lado, ao redor, em direção a, perto, longe — estas e outras expressões podem ser ouvidas, vividas e ditas na caixa de areia. Vazio, cheio, peneirar, derramar, vazar e outras palavras relacionadas à física também podem ser aprendidas.

A brincadeira com água pode ser instalada da mesma maneira. O recipiente pode ser construído como a caixa de areia mostrada anteriormente, só que feito de zinco ou plástico, adicionando-se um buraco para escoar a água. Pode-se também utilizar bacias sobre a mesa ou no chão.

Com a água, as crianças podem dar banho no bebê Samuel ou em outros bebês da Bíblia. Podem fazer flutuar a arca de Noé ou os barcos de pesca no mar da Galiléia. É claro que também inventarão suas próprias brincadeiras como na caixa de areia. Todos os recipientes e utensílios sugeridos para a caixa de areia serão úteis para a brincadeira na água, acrescentando-se alguns outros. Sabão, canudos ou argolas para fazer bolhas; esponjas e roupinhas laváveis; pedaços de cortiça e outros itens que flutuem; itens que afundem; bules, pratos de plástico e outros utensílios para brincar de casinha — a lista é interminável. Ocasionalmente, utilize pincéis e tinta com água. Pinte paredes, degraus ou calçadas e observe enquanto a pintura seca.

Providencie toalhas e aventais de plástico para vestir as crianças e um esfregão para secar o chão. Mostre às crianças como torcer e apertar suas esponjas e outros itens dentro da bacia e não no chão. Se sentir que não conseguirá controlar a confusão da atividade, experimente permitir que somente uma ou duas crianças brinquem de cada vez.

Os quebra-cabeças são extremamente populares e se constituem numa ótima atividade para crianças. Figuras bíblicas ou da natureza são as melhores para o uso nas igrejas. Não é uma boa idéia adicionar figuras de desenhos animados ou outros temas seculares. As crianças devem aprender a associar determinadas histórias e personagens com a aula da Escola Dominical.

Quebra-cabeças de madeira ou de outros materiais resistentes são mais aconselháveis para essa faixa etária. Não é fácil confeccionar este tipo de brinquedo de forma satisfatória. Uma estante em que cada unidade possa ser guardada em ordem, numa prateleira individual, é de valor inestimável.

Os cartões para costura podem ser facilmente confeccionados. Os cartões comercializados são geralmente retangulares, com as figuras — e os furos para costura — dentro do retângulo. Para as crianças mais novas, a atividade será mais efetiva se os furos estiverem por toda a volta do cartão. Seguindo essas orientações os cartões confeccionados serão melhores que os vendidos nas lojas.

Faça desenhos simples de árvores ou de outros seres criados por Deus, o casaco de Samuel ou outros itens bíblicos. Monte seus desenhos sobre papel cartão e faça furos por toda a borda com uns três centímetros de distância entre eles. Num dos furos, prenda um fio de linha ou barbante para coser. Enrijeça a outra ponta do barbante, enrolando nela um pedaço de fita adesiva. A fita funcionará como uma agulha para transpassar o barbante pelos buracos. Esses cartões podem ser reutilizados várias vezes. Ao término da atividade, retire o barbante costurado e os cartões estarão prontos para a próxima criança. Essa atividade também pode ser realizada com cadarços de sapato.

Para fazer colares, também é necessário utilizar barbantes ou linhas com um pouco de fita adesiva enrolada numa das pontas. Amarre uma conta (pequena esfera de vidro ou de outro material, com um orifício no centro) ou um macarrão na outra ponta. Pode-se comprar contas de madeira ou plástico ou utilizar *Fruit Loops* (cereal em forma de anel), macarrão ou pequenos pedaços de canudos plásticos. Na Bíblia, as pessoas enfeitavam o tabernáculo e o templo com seus trabalhos manuais. Seus alunos podem pendurar seus belos colares para decorar a sala ou a igreja. Ou se não suportarem ter de deixá-los, podem colocá-los no pescoço quando forem para casa.

Um outro item de manipulação fácil de confeccionar é o jogo de classificação. Use cartelas de ovos como recipientes e monte uma coleção de feijões, macarrão, botões ou contas. As crianças podem classificá-los por cor, tamanho ou tipo.

Tendo material para manipulação variado, não será necessário utilizar somente os quebra-cabeças para aqueles que chegam cedo. A variedade agradará as crianças e ao professor.

Pintura

A pintura exige mais preparação e equipamento que o colorir com giz de cera, mas o trabalho extra compensa. Com a pintura, a criança facilmente faz traços largos de cores vivas e isso a satisfaz mais do que pressionar o giz de cera com força para conseguir um traço colorido inferior ao da tinta. Ao se envolver com a pintura, freqüentemente a criança produz uma folha atrás da outra. Algumas vezes, pode-se ensinar "Deus fez o azul". Provavelmente já lhes foi ensinado que Deus fez as árvores ou as flores. Experimente o "Deus fez o azul". As crianças podem pintar a cor azul — claro ou escuro, listrado, ondulado ou manchado, suave ou forte. Exponha os trabalhos num painel ou numa parede e todos poderão admirar os diferentes tons de azul produzidos individualmente.

Nesta faixa etária, uma cor por vez é o suficiente. Utilize tintas de cores vibrantes e não cores pálidas. Disponibilize apenas um pouco de tinta para cada criança de forma que ela não possa mergulhar o cabo do pincel, somente as cerdas. Este pequeno conselho já vale o preço deste livro, pois quando a tinta alcança o cabo do pincel, logo chega às mãos e quando chega às mãos, em breve se espalha por toda a parte. Se a atividade de pintura for estabelecida como uma operação limpa, cuidadosamente orientada, as crianças lhe surpreenderão com a forma com que a realizarão.

Utilize pincéis largos, com cabos de no máximo treze centímetros. Talvez seja necessário cortar parte do cabo dos pincéis. Por que os pincéis para crianças são produzidos sempre com cabos longos e difíceis de manusear é um mistério. Um substituto barato para os pincéis são quadrados de esponja com cabos de alfinetes de fralda. Também serão necessárias roupas de pintura. Utilize camisas ou blusas usadas. Corte mangas curtas. Abotoe ou prenda com alfinete de fraldas nas costas. Capas simples podem ser feitas, cortando-se um buraco para o pescoço no centro de pedaços de plástico ou de outro material.

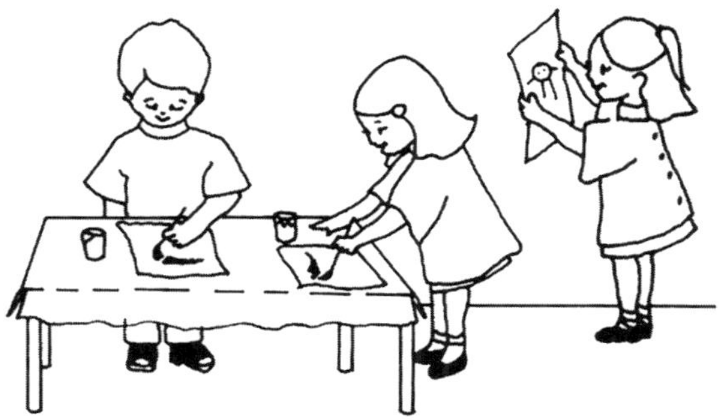

O papel para pintura não precisa ser caro. Procure nas redondezas por papel usado. As crianças podem pintar no lado usado ou no verso da folha. Também apreciarão pintar em folhas de jornal. Não é necessário utilizar cavaletes. Seus alunos podem pintar de pé, sentados à mesa, ou ajoelhados no chão.

Assim, o material a ser reunido é: tinta, pequenos potes ou vasilhas — para que cada criança utilize a sua tinta —, pincéis, roupas de pintura e papel. Agora, o problema é como manejar tudo isso na sala de aula. A melhor solução é ensinar às crianças a desenvolver a atividade de forma autônoma. Arrume todo o material num local acessível. Prateleiras abertas são boas para esse fim, mas se isso não for possível, coloque a caixa de material ao alcance delas. Cada criança pode pegar papel, pincel e seu pote de tinta e levar para o seu lugar. Podem apanhar suas roupas de pintura e tentar vesti-las sozinhas. Talvez necessitem de ajuda nesse momento. Quando tudo estiver pronto, o professor colocará um pouco de tinta em cada pote. Simples? É realmente muito simples quando tudo acontece sem percalços. Com certeza, o ensino cuidadoso do professor fará com que seja assim. O professor precisa saber quando ajudar e quando não ajudar seu aluno e também quando encorajá-los a adquirir um pouco mais de autonomia.

Ao terminar de pintar sua folha, a criança poderá levá-la ao seu "local de secagem" pré-determinado — talvez no chão, próximo à parede. Se a folha estiver muito molhada, o professor pode fazê-lo. A criança então pega uma nova folha. Nunca dê apenas uma folha para cada criança. Certa vez, um famoso ilustrador de livros lembrou-se com carinho de um professor de arte que permitiu que ele pegasse duas folhas para pintar. Não existe nenhuma razão para sermos tão mesquinhos em relação às folhas de papel e certamente não há nada a se lucrar com isso.

Planeje a limpeza da sala tão cuidadosamente quanto o resto. Onde as crianças devem colocar os pincéis sujos de tinta? Num pote grande? Ensine-as cada procedimento conforme forem surgindo as situações. Se as orientações forem ensinadas todas ao mesmo tempo, as crianças não conseguirão assimilá-las, mas serão capazes de aprender, após realizá-las uma ou duas vezes.

Uma forma alternativa de trabalhar a pintura é organizar somente um ou dois locais de pintura, revezando as crianças na atividade. Pode-se também experimentar a pintura a dedo, em folhas de papel ou em uma frigideira larga. Algumas crianças apreciam a pintura a dedo, outras, preferem manter suas mãos limpas.

A seqüência do desenvolvimento na pintura se processa da seguinte maneira:

1. A criança utiliza a tinta para explorar. Espalha a tinta e passa uma mão de tinta sobre a outra.
2. Aparecem linhas e círculos, e a seguir outras formas e blocos de cores.
3. A criança determina antecipadamente o que vai pintar. Controle consciente das formas.

Colagem

Como na pintura, as crianças podem trabalhar com autonomia, se os materiais estiverem ao seu alcance e os procedimentos forem ensinados apropriadamente. Primeiramente, providencie que cada criança receba um pouco de cola num pedaço de papel

ou num pote pequeno e um pincel. Os pincéis para uso com cola são difíceis de encontrar, mas as crianças conseguem manuseá-los com facilidade. Não espere que consigam trabalhar com os vidros de cola. Isso é impossível. Melhor que adquirir vidros de cola para cada criança é comprar um vidro grande, armar-se com um alicate e retirar a quantidade necessária para cada semana. E em breve, também encontrará outras utilidades para este alicate guardado em sua bolsa.

Ensine as crianças a espalhar a cola com o pincel nas costas daquilo que querem colar, colocar sobre o local e pressionar. Nunca se deve colocar a cola na folha principal. As crianças ainda não conseguem determinar a extensão correta onde a cola deve ser espalhada. O método sugerido previne uma confusão maior. Colocar a cola apenas em pequenos pedaços é muito mais limpo e as crianças não terão problemas em fazê-lo.

Depois que as crianças souberem colar ou apreciarem aprender a colar, será necessário encontrar meios de transformar este entretenimento numa atividade real. Colar uma figura numa folha de papel não consiste numa atividade, mas colar flores de papel colorido por toda uma folha para montar um quadro é uma atividade. Sempre que possível, planeje seus projetos com cola num estilo de colagem e observe quão rapidamente seus alunos se tornarão hábeis nesta arte — pelo menos, a maioria deles.

Por vezes, proponha projetos de colagem em grupo. Coloque uma folha de papel grande na parede e oriente seus alunos a colar figuras para formar um mural. Planeje algo que não exija muita organização, para que não haja preocupação sobre onde as crianças estarão colando as figuras. Por exemplo, o mural pode ser um céu e as crianças colarão as estrelas. Ou um pasto onde irão colar as ovelhas. Coloque uma figura de Jesus para que colem crianças ao seu redor. Desenhe uma grande árvore para que colem as folhas. Flores num campo, animais ao redor da arca, peixes na água, pássaros no céu — todas essas são possibilidades de murais.

Esse tipo de projeto em grupo se assemelha à brincadeira paralela — na verdade, as crianças não estão cooperando umas com as outras, mas estão trabalhando lado a lado, ao mesmo tempo. Qualquer mural planejado terá que se adequar a esse nível de desenvolvimento dos seus alunos.

Geralmente as figuras utilizadas deverão ser recortadas pelo próprio professor em horários vagos. Ao recortar figuras de catálogos ou revistas, não se preocupe em contorná-las cuidadosamente, apenas corte-as em formato retangular. Se utilizar algo padronizado ou desenhar formas iguais, reúna várias folhas de papel, use uma tesoura maior e corte vários de uma só vez. Algumas vezes, as crianças mais velhas tentarão cortar suas próprias figuras — especialmente folhas, que podem ter qualquer formato.

O fundo dos murais pode ser feito de grandes rolos de papel para arte ou de qualquer outro tipo de papel em tamanho grande disponível. Até mesmo de jornal usado. As crianças não dão atenção ao que está impresso e ficam tão felizes em colar quanto em pintar sobre ele.

Eis uma receita de cola caseira, que é macia o bastante para ser espalhada facilmente com os pincéis.

$^1/_2$ xícara de farinha de trigo

$^1/_2$ xícara de açúcar

$^1/_2$ xícara de água gelada

2 xícaras de água fervente
1 $^1/_2$ colher de chá de sulfato de alumínio (pedra-ume) em pó
$^1/_2$ colher de chá de óleo *wintergreen* (conservante)

• Misture os três primeiros ingredientes. Lentamente, adicione a água fervente, mexendo até que a massa esteja espessa e clara. Remova do fogo, adicione o alumínio e misture bem. Acrescente o óleo *wintergreen* se não for utilizar a cola imediatamente. Armazene num vidro fechado. Se a cola ficar muito espessa, pode ser diluída com água quente.

Outras Habilidades Manuais

As atividades mencionadas são as básicas, que podem ser proveitosamente utilizadas repetidas vezes. Contudo, não esgotam a grande gama de possibilidades. Às vezes, as lições das editoras fazem uso de adesivos, que estão dentro das habilidades da maioria das crianças mais jovens. Ocasionalmente, o professor pode encontrar selos de páscoa ou outros tipos de rótulos gomados. Não os despreze, utilize-os com a sua classe. Como na colagem, a atividade será mais fácil se as crianças puderem colar esses adesivos em qualquer lugar — flores no campo, estrelas no céu e assim por diante. Porém, de vez em quando, proponha um projeto mais específico em que tenham de colá-los num determinado lugar.

As crianças do maternal ainda não têm habilidade para utilizar a tesoura com sucesso. Este tipo de atividade deve ser deixado para o departamento do jardim de infância. Recortar é como colorir dentro das linhas, depende imensamente da maturidade física. Quando a criança estiver fisicamente madura o suficiente para realizar esta tarefa, aprenderá rápida e facilmente. Se não estiver madura o bastante, vacilará e aprenderá lentamente, vivenciando frustrações. Assim, é mais adequado aguardar pelo momento certo.

Considerando-se que o momento correto se apresenta em idades diferentes para crianças diferentes, é aconselhável disponibilizar tesouras para que elas as utilizem por vontade própria. Os projetos podem ser planejados em diferentes níveis. Por exemplo, se as crianças estão colando folhas numa árvore, algumas podem colar folhas previamente recortadas e outras podem recortar suas próprias folhas. Se o professor não for específico quanto ao seu formato, as crianças ficarão satisfeitas em fazer suas folhas, sem se importar com a forma.

Nas últimas semanas que antecedem a promoção dos seus alunos para o jardim de infância, o professor pode investir em atividades que pratiquem especialmente o uso de tesouras, encorajando aqueles que ainda não aprenderam a recortar. Isso os ajudará nos trabalhos manuais que encontrarão nas revistas do jardim de infância. Não se esqueça de providenciar tesouras para crianças canhotas que necessitem.

A dobradura é uma outra habilidade que não se aplica muito bem ao maternal. Se algum projeto requisitar, o professor deve fazer a dobradura para as crianças antes da aula. Prender com tachinhas ou grampos, cortar fendas e juntar corretamente pedaços de papel também estão nessa categoria.

Para variar a atividade de colagem, experimente utilizar fita adesiva. A atividade é semelhante ao uso de adesivos e as crianças apreciam. Provavelmente será necessário destacar os pedaços da fita, colocando-os nos polegares das crianças ou na borda da mesa. Então, as crianças poderão prender suas folhas em vez de colarem com pincel. Nesse sistema, é possível experimentar fazer uma árvore tridimensional, adicionando-se um galho nu. As crianças podem usar a fita para prender pássaros de papel a fios de lã e, então, prender os fios no galho, montando uma árvore cheia de pássaros.

Não há limite para as idéias originais que podem ser trazidas à sala de aula, e é bom variar de tempos em tempos. Contudo, atividades de colorir, pintar, colar e manipular massa de modelar e outros itens devem ser o núcleo do seu programa de trabalhos manuais.

O Valor dos Trabalhos Manuais

Devemos questionar por que incluímos trabalhos manuais nos programas para o maternal das igrejas e refletir sobre a resposta para esta pergunta. Muitas vezes, os trabalhos manuais são justificados pela máxima que diz que "as crianças aprendem fazendo". Ou por outra que afirma que "depois de ouvirem a lição, as crianças precisam aplicá-la". Tais afirmações contém um pouco de verdade, porém, não justificam adequadamente o uso dos trabalhos manuais — trabalhos de arte.

Numa lição sobre Samuel, existem diversas formas de fazer com que a criança "faça" a lição. Podem dramatizar como Samuel ajudava, e também como ajudar em suas casas ou na sala de aula. Cantar corinhos, conversar ou observar gravuras sobre como ajudar. Realizar jogos que reforcem esta idéia ou fazer planos de como ajudar numa situação específica. Em comparação a algumas das atividades descritas acima, colorir um desenho de Samuel ajudando no templo deixa de ser a melhor opção. Não se aproxima de "fazer" a lição e está muito distante de "aplicar" a lição.

Não obstante, existem outros meios de se justificar o colorir um desenho sobre Samuel. Alguns dos valores das próprias figuras, como discutido no capítulo dois, se aplicam aqui. Não importa se a figura foi pintada com giz de cera ou com tinta, ou montada com tecido colado na sua roupa. Os resultados não virão somente durante a aula, enquanto professor e alunos trabalham ou conversam sobre o desenho. Ao chegar em casa, a criança e os pais podem falar sobre o desenho novamente. Esta característica de levar o trabalho realizado para casa é o maior valor dos trabalhos manuais relacionados à lição para muitos professores.

Além do desenho ou de outro produto dos trabalhos manuais, ainda existem outros valores que advêm do processo de realização da tarefa. Provavelmente, tais valores têm um efeito maior nas crianças, alcançando resultados maiores. As experiências artísticas fornecem à criança oportunidades de explorar, experimentar e expressar idéias sobre si mesma e sobre o mundo ao seu redor. Expressar sentimentos e aprender a lidar com eles — sentimentos que freqüentemente não é capaz de manejar com palavras, em virtude do seu vocabulário limitado. A arte fortalece a habilidade infantil de observar e imaginar as pessoas e o mundo que a cerca. Aumenta sua sensibilidade em relação aos outros. A arte envolve assumir a responsabilidade de escolher, mesmo que seja somente a cor a ser usada. Melhor ainda se forem os materiais que vai utilizar. Então, deve fazer algo com suas escolhas, exercitando julgamento e controle. A criança vivencia experiências de sucesso que a auxiliam na construção de um bom conceito de si mesma.

Quando as crianças trabalham juntas, manifesta-se também o crescimento social. A criança percebe melhor os outros ao trabalhar em conjunto, tornando-se mais sensíveis às opiniões, necessidades e propriedades do seu próximo. Ao inventar novas maneiras de usar os materiais e tentar novas formas e métodos, a criança cresce intelectualmente. Quando quer conversar sobre seus trabalhos, encontra a necessidade de aprender novas palavras. Há desenvolvimento físico no desenvolvimento do controle muscular, da coordenação motora, da coordenação motora fina (mãos e dedos) e da neurológica. E também existe crescimento nas próprias habilidades artísticas, que, por sua vez, contribuem individualmente para a auto-estima da criança.

Muitos são os valores dos trabalhos manuais, que não se limitam aos projetos com folhas de papel geralmente identificados como trabalhos manuais para as classes de maternal. O mesmo pode ser dito a respeito da brincadeira na caixa de areia, dos blocos e de outras atividades. Possivelmente, o uso mais freqüente dos trabalhos manuais com papel se deve ao fato de facilmente serem planejados numa correlação com a lição. Este valor tem recebido uma prioridade maior nos programas das igrejas do que outros.

Uma outra razão que justifica os trabalhos manuais nas turmas de maternal é a dificuldade de manter um programa de aprendizagem verbal por mais de uma hora. Em grupos de idade mais avançada, o professor pode utilizar mais e mais palavras e também as idéias que se relacionam a elas. Contudo, com crianças mais novas, isto não é fácil. Uma das tarefas desta faixa etária é a aquisição de palavras. Depois que as histórias, jogos e versinhos cumprem seu papel, o professor retorna ao trabalho manual para encerrar a atividade com um outro tipo de aprendizagem.

Embora os trabalhos manuais não sejam essenciais em todas as aulas, existem muitos motivos para que assumam um lugar de destaque nos nossos programas de educação cristã.

Avaliação

1. A habilidade de colorir perfeitamente dentro das linhas depende principalmente de:
   a. prática.
   b. ensino.
   c. maturidade.

2. O estágio de desenho mais avançado é o:
   a. estágio dos rabiscos.
   b. estágio da representação.
   c. estágio do reconhecimento.

3. O que é mais difícil para uma criança?
   a. usar tesouras.
   b. usar argila.
   c. usar tinta.

4. Ao montar murais, o professor deve orientar as crianças a:
   a. planejarem sozinhas.
   b. trabalharem em comissões, nas diferentes partes.
   c. colarem todos a mesma coisa.

5. Durante o período dos trabalhos manuais as crianças:
   a. aprendem mais intensamente.
   b. crescem de diferentes maneiras.
   c. aplicam a lição às suas vidas.

Respostas: 1. c; 2. b; 3. a; 4. c; 5. b.

4

Como Utilizar os Corinhos e os Versos?

A música, os versos e o ritmo se constituem numa forma quase natural de ensinar. Crianças que estão no estágio de crescimento dos versos primários podem ser alcançadas na igreja por este tipo de versos. Alguns deles são engraçados e não fazem sentido, mas o lúdico é uma forma de aprendizagem e a falta de sentido também tem sua aplicação. Assim, entremos no mundo infantil através deste caminho rítmico e cativante.

Versos

Uma das principais aquisições das crianças do maternal é o desenvolvimento da linguagem. Os versos as auxiliam nesta tarefa. A rima, a aliteração, a repetição e o ritmo atraem as crianças. Elas ouvem, imitam e praticam suas habilidades de linguagem: fonética, gramática e vocabulário.

Acima dessas aprendizagens sérias e acadêmicas existem outras muito maiores — a da comunicação e literatura, do que significa ser humano, do experimentar o mundo ao nosso redor e do refletir sobre Deus. Os poemas são por vezes descritos como mais do que a soma de suas palavras. Embora os versos primários não possam ser qualificados como poemas, também são mais do que a soma de suas palavras. Projetam sentimentos, humores e significados que ultrapassam as meras palavras. Imagine o efeito de "Meus Bichinhos" num grupo de crianças pequenas. (Na última parte deste capítulo encontram-se versos e canções.)

Os versos se adaptam a atividades individuais e em grupo. Durante uma brincadeira, podemos ouvir uma criança balbuciando uma palavra ou uma frase que ouviu ou um verso que aprendeu. A criança que aprecia um verso com um grupo está se inserindo um pouco mais na comunidade das pessoas; é um outro passo na estrada do individualismo egocêntrico para a integração na sociedade.

Os versos com gestos não se limitam aos dedos. A expressão "Versos de Ação" descreve melhor tais versos do que "Versos de Dedos". Em grupos de ensino, geralmente, os versos de ação são utilizados em conjunto com o momento da história. Promovem o incentivo inicial, a variedade e transição entre histórias, ou ocasionalmente, o reforço como variante em verso da história contada. "Jesus subiu" é um exemplo de verso que pode ser usado com a história bíblica sobre esse assunto.

Todos os professores deveriam ter ao menos alguns versos de ação memorizados e outros disponíveis em cartões. Os versos memorizados os ajudarão a recuperar a atenção daqueles que se distraírem ou encerrar qualquer distúrbio que se inicie. Nessas ocasiões, não há tempo para buscar os cartões e procurar por um verso apropriado. "Abre, Fecha" é um verso que quase todo professor de maternal utiliza ocasionalmente. "Palma, Palma, Palma" e "Li na Bíblia" e muitos outros atingem os mesmos objetivos.

As crianças mais novas do maternal têm dificuldades em realizar duas ações ao mesmo tempo, como falar as palavras e fazer os gestos. Umas repetirão as palavras, e outras farão os gestos. Algumas não serão capazes de fazer sequer uma delas de cada vez. O professor não deve se preocupar com essas variações; cada criança deve participar do seu próprio modo. Utilize também fantoches de dedo e fantoches de mão com os versos. Convide uma criança de cada vez para vestir o fantoche, enquanto todas as crianças repetem o verso recitado.

Corinhos

Professores já escreveram a editores pedindo ajuda. Dizem: "Meus alunos não cantam", ou "Meus alunos não conseguem cantar", ou ainda mais frustrados, "Meus alunos se recusam a cantar".

A única resposta para essas perguntas é: "Não importa; cante". Devemos nos lembrar de que as crianças pequenas são iniciantes na música. Nós já cantamos nossos corinhos e hinos nos bancos da igreja, ao redor de fogueiras, à pia da cozinha. Já ouvimos diversos tons e diversas músicas. Já as cantamos em ônibus escolares, nas lojas, no trabalho ou nos restaurantes. Ouvimos música ao dirigir. Estamos longe de ser iniciantes na música, mas ainda assim, devemos alcançar as crianças que o são.

Você é um professor de maternal — talvez o primeiro professor de suas crianças. Não espere que sejam hábeis no canto. É responsabilidade sua iniciá-los no caminho em direção à apreciação da música e ao louvor a Deus através do canto. Não desista porque suas crianças não cantam bem. Mesmo aqueles que somente se sentam ao redor de um grupo que canta estão aprendendo. Estão sendo expostos à música e no seu momento próprio, começarão a participar. Cante, mesmo que seja o único a cantar. Não se intimide com sua possível falta de treinamento musical — como indicado anteriormente, sua experiência é maior do que pode pensar. Qualquer pessoa capaz de cantar "Parabéns pra você" é treinado o suficiente para ensinar as crianças do maternal.

Utilize melodias familiares, tais como "Sou uma Florzinha de Jesus" e "Meu Barco É Pequeno", e invente letras para qualquer idéia que queira ensinar. Naturalmente a canção mais amada da Escola Dominical será utilizada — "Oh! Eu Amo a Cristo". Esta e outras canções são mais difíceis do que canções especiais no nível de maternal, mas são clássicos e as crianças podem crescer com elas. Algo que as estimula muito seria acrescentar seus nomes, se forem necessários, no meio da música; as crianças amam ouvir seus nomes nas canções. Assim, aprenda o truque de inserir seus nomes em muitas outras canções, na "Canção dos Dedos", por exemplo.

Ao utilizar canções para ensinar verdades bíblicas, certifique-se de que elas contêm frases diretas, de fácil compreensão. O uso de fantoches com corinhos é tão efetivo quanto com os versos. Convide uma criança para vir à frente com um fantoche que tenha algo em comum com a canção. Algumas crianças participarão melhor da atividade se estiverem cantando para um fantoche e não para si mesmas.

Às vezes, as crianças inventam suas próprias músicas. Enquanto brincam ou trabalham, várias delas podem cantar uma ou duas frases sobre o que estão fazendo ou sobre algo que ouviram anteriormente na aula. Se tais felizes situações ocorrerem em sua classe, trate-as como músicas reais. Junte-se a uma delas. Se a criança cantar "Estou pintando de vermelho", responda, por exemplo, "Susie fez uma música". Algumas vezes pode-se anotar a canção feita pela criança e utilizá-la mais tarde numa atividade em grupo. Apresente-a como a canção de Susana ou de Carlos. Nunca pense que seria adequado conduzir seus alunos de suas próprias músicas para as músicas "reais" que lhes oferecemos. Para eles, suas próprias canções são mais reais do que as retiradas de um livro qualquer. Vêm do coração e da compreensão. Encoraje-os.

E quanto às músicas em tons mais altos? No passado, alguns livros continham uma enorme variedade de corinhos em diferentes tons para crianças pequenas — estendendo-se para além do que até a maioria dos professores gostaria. Embora seja verdade que as crianças tenham a capacidade de alcançar tons mais altos, raramente elas o fazem em canções. Seu trabalho será mais bem-sucedido se as músicas forem mantidas numa menor variedade de tons, escolhidos dentro das notas mais baixas da escala. Os tons podem se estender de C ou D até A. Esta é uma variação que se encaixa perfeitamente à voz da maioria das mulheres sem treinamento vocal. Logo, estas são boas notícias para muitas professoras que se sentem desqualificadas para ensinar seus alunos a cantar.

A maior parte das crianças do maternal não consegue seguir a música da maneira como fazemos. Esporadicamente, uma criança ou duas serão capazes de manter a melodia. Outras se aproximarão dela, cantando dentro da melodia em algumas frases e fora em outras. Mas de qualquer forma, o professor deve cantar. As crianças crescerão nesta habilidade através da prática e da exposição constante.

As canções com um número limitado de notas são mais fáceis para as crianças. As melodias infantis mais simples naturalmente abrangem apenas três ou quatro notas. Algumas outras canções tradicionais abrangem somente cinco ou seis. Tais músicas de melodia de pouca variação são as que as crianças conseguirão assimilar primeiro. As melodias populares que estendem esta variação para sete ou oito notas são mais difíceis de serem cantadas. As crianças desta faixa etária não conseguem cantá-las tão facilmente quanto às canções de cinco notas. Canções com variedade de cinco a oito notas normalmente não são recomendadas para o uso no maternal.

Não existem regras rígidas sobre a escolha das canções para as crianças mais novas. Todavia, em geral, as crianças cantam melhor as canções que se mantêm numa variação menor, dentro das notas mais baixas da escala musical. As canções também devem manter um padrão de letra com palavras simples e repetidas, o que facilita a aprendizagem.

Nunca as encoraje a cantar muito alto ou gritar. Apenas respeite o volume natural de voz daquelas que participam da atividade. Assim como o somente ficar ouvindo daquelas que ainda não se sentem prontas para cantar.

Encontra-se a seguir a seqüência de desenvolvimento de uma criança em relação ao cantar em conjunto. A maioria dos seus alunos se encontrará numa das fases de um a cinco dessa lista. Com as atividades desenvolvidas em classe, cada criança prosseguirá no seu desenvolvimento. Raramente a fase cinco é atingida por uma criança do maternal. Essa lista deve ser vista como apenas uma indicação da direção que as crianças estão tomando e não como uma seqüência de passos que cada uma deve completar.

1. Ouve o professor e outros cantando; canta espontaneamente enquanto brinca.
2. Acompanha os gestos das canções.
3. Acompanha a música com palavras e frases ocasionais.
4. Canta com o grupo, mas pode se atrasar (às vezes, atrasando uma frase inteira) e pode não utilizar as mesmas palavras.
5. Canta com o grupo, acertando a maioria das melodias.

Instrumentos Rítmicos

No ritmo, como na música, não é necessário aguardar que a criança adquira habilidade e precisão. O professor precisa providenciar experiências que favoreçam o desenvolvimento de suas habilidades. Nesses assuntos o ponto principal é preocupar-se com a criança e seu desenvolvimento, mais do que com o produto final dos seus esforços. O professor não está fazendo arranjos de música e ritmo para admiração de pais ou de outras pessoas. Está ajudando as crianças a aprender a louvar a Deus e a apreciar o dom da música que Ele nos concede. Torne-se uma criança e junte-se à alegria de seus alunos.

As crianças do maternal são capazes de apreciar a música em grupo. Contudo, o professor deve se lembrar de que este não é o mesmo tipo de grupo cooperativo encontrado em outras classes. Assemelha-se mais à brincadeira paralela que psicólogos e professores observam nesta faixa etária. Cada criança faz sua própria atividade, porém a realiza lado a lado com as outras crianças. Por essa razão, não se deve utilizar arranjos complicados — como, por exemplo, um lado toca a primeira frase e o outro, a próxima. Todos devem fazer a mesma coisa.

Distribua qualquer instrumento simples e permita que as crianças batam ou sacudam enquanto uma canção é entoada. Provavelmente, na primeira vez que a atividade for realizada, o professor cantará sozinho. As crianças estarão tão ocupadas em tocar seus instrumentos que se esquecerão de cantar. Elas têm dificuldades de realizar duas atividades ao mesmo tempo. Assim, a mesma canção pode ser repetida várias vezes. Algumas vezes podem cantar e outras, tocar. Poderão vivenciar a canção em duas dimensões, o que será mais significativo para elas do que fazê-lo numa só.

Instrumentos caseiros se encaixam perfeitamente. Tente conseguir numa farmácia embalagens plásticas de comprimidos vazias. Coloque dentro delas feijões, ou outros itens pequenos, e monte um conjunto de chocalhos. Recolha caixinhas. Use-as sem as tampas ou recorte uma grande parte delas. Coloque tiras de borracha por sobre o lado aberto, envolvendo a caixa. Assim, terá um conjunto de harpas. Um par de claves (de cerca de 20 cm) pode ser feito de cabo de vassoura ou de qualquer outro material disponível.

Com os chocalhos, harpas e claves, o professor terá uma fina variedade. Apenas um dos instrumentos deve ser utilizado de cada vez. Experimente utilizar as harpas com canções de ninar e observe como o som suave pode ajudar a fazer os bebês dormir. Use as claves com outra canção. Experimente batê-los levemente. Cante a música sem o acompanhamento e repita-a novamente com as claves. Talvez os chocalhos não sejam utilizados nessa mesma semana, portanto, guarde-os para a próxima. Por vezes, permita que as próprias crianças escolham o instrumento que irão utilizar. Se sinos, xilofones, tambores e outros tipos de instrumentos estiverem disponíveis, o professor também pode inserir tais objetos no seu programa musical.

Se houver espaço suficiente na sala e o barulho for suportável, instale um centro de música, em que cada criança individualmente possa fazer experimentos com os instrumentos. Separe um ou dois instrumentos de cada tipo e consinta que as crianças os aprecie à seu próprio modo. Providencie um toca-fitas e fitas com canções pequenas. Algumas vezes as crianças podem acompanhar as músicas com seus instrumentos. Lembre-se de que as crianças se contagiarão pelo seu prazer pela música.

Em seguida, vemos a seqüência de desenvolvimento de uma criança no uso de instrumentos. Assim como na seqüência do canto, não espere que todos os seus alunos alcancem o terceiro estágio. Contudo, todos avançarão de alguma forma nessa seqüência enquanto estiverem em sua classe.

1. Manipula e experimenta os instrumentos e "produz som".
2. Acompanha o movimento ou a música, não necessariamente no tempo correto.
3. Toca com o grupo e é capaz de manter o tempo na maioria das vezes.

Os Ritmos e os Sons do Corpo

Praticamente todas as pessoas fazem uso de um tipo de ritmo do corpo — as palmas. Com um pouco de imaginação, podemos adicionar outros ritmos e sons do corpo a muitas histórias e canções. Se na história alguém está caminhando, tente bater com as palmas das mãos no colo, imitando o som do caminhar. Faça o mesmo mais rapidamente para um som de corrida. Bata com os pés no chão para simular a chegada dos camelos ou de uma tempestade. Sopre o ar por entre os dentes para imitar o som do vento.

Os gestos que acompanham os versos de ação são um tipo de ritmo do corpo. Os gestos que acompanham histórias constituem um tipo mais informal. Quando o elefante se dirige à arca, balança pesadamente sua tromba (os dois braços balançando com as mãos juntas), movendo-se para um lado e para o outro. O sapo pula ritmadamente, dizendo: "croc, croc, croc".

As crianças podem dramatizar as gotas de chuva, pardais voando e inúmeros outros objetos ou seres.

Isso pode ocorre no momento da dramatização da história, com um verso ou com uma canção de ação. Ao permitir o movimento na sala de aula, o professor permite que as crianças sejam crianças.

Um Repertório Inicial

Nas classes de maternal é indispensável para o professor conhecer pelo menos dois versos e duas canções. É necessário ter um repertório mínimo para começar, que deverá crescer gradualmente conforme o trabalho com as crianças for desenvolvido.

Os versos e canções que o professor não quiser memorizar poderão ser escritos em cartões. O professor posiciona os cartões no colo, consultando-os rapidamente quando for necessário, sempre mantendo as mãos livres para fazer os gestos.

A seguir, temos alguns dos versos e canções mais úteis e apreciados, que à sua escolha poderão iniciar a construção do seu próprio repertório.

Prepare um deles em conjunto com uma história bíblica ou com outra experiência auditiva.

Abre, Fecha

Abre, fecha,
Abre, fecha,
Bata palma.

Abre, fecha,
Abre, fecha,
Acabou.

Palma, Palma, Palma

Palma, palma, palma
Pé, pé, pé,
Roda, roda, roda
Quero ver como é que é.

Ao contar histórias, esses versos serão de grande ajuda. Modifique sua letra para que possam ser aplicados a diversas lições. Substitua "Samuel cresceu" por "Jesus cresceu".

Samuel Cresceu

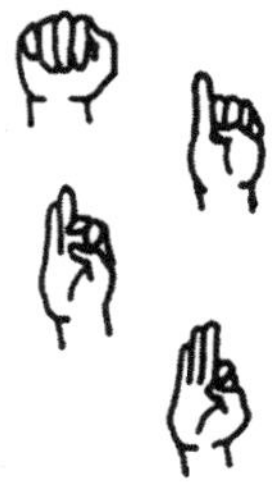

O bebezinho Samuel *(Mantenha o punho fechado)*

Cresceu *(Levante o dedo mínimo)*

E cresceu *(Levante o dedo anelar)*

E cresceu. *(Levante o dedo médio)*

Toc, Toc, Toc

Toc, toc, toc,
Alguém me bate a porta.
Toc, toc, toc,
Alguém deseja entrar.
É o mal querendo um lugarzinho.
Não, não, não,
Você não pode entrar.
Toc, toc, toc,
Alguém me bate a porta.
Toc, toc, toc,
Alguém deseja entrar.
É Jesus querendo a casa toda.
Sim, Senhor,
Oh! Vem em mim morar.

Florzinha

Sou uma florzinha de Jesus	
Sou uma florzinha de Jesus	
Abro a boquinha para cantar	*(coloca os dedos indicadores na direção da boca)*
Fecho os olhinhos para orar	*(fecha os olhinhos, e junta as mãos)*

Escreva outras letras para melodias conhecidas e cante sobre qualquer verdade bíblica que queira ensinar. Podemos cantar sobre a chuva, as estrelas, as árvores e sobre tudo o que o professor ou as crianças desejarem. Utilize também os nomes das crianças.

Oh! Eu Amo a Cristo

Oh! Eu Amo a Cristo,
Oh! Eu Amo a Cristo,
Oh! Eu Amo a Cristo,
Porque Ele morreu por mim.

Brenda ama a Cristo?
Sim, amo Cristo.
Por que ama a Cristo?
Porque Ele morreu por mim.
Aleluia!

Mãos e dedos brincam, enquanto outros músculos também se exercitam em gestos maiores, providenciando interlúdios muito úteis entre as histórias.

Canção dos Dedos

1. Polegares? *(Mãos para trás)*
   Polegares?

Onde estão?	
Aqui estão.	*(Coloque as mãos para frente, mostrando somente os polegares)*
Eles se saúdam.	*(Os polegares se "cumprimentam", encostando-se um no outro repetidas vezes)*
Eles se saúdam.	
E se vão.	*(Esconda as mãos novamente)*
2. Indicadores?	*(Use os dedos indicadores)*
3. Dedos médios?	*(Use os dedos médios)*
4. Anelares?	*(Use os dedos anelares)*
5. Dedos mínimos?	*(Use os dedos mínimos)*
6. Todos os dedos?	

Variações: Substitua os nomes dos dedos por Mamãezinha, Papaizinho, Irmãozinho, Irmãzinha, e Bebezinho. Termine com 'Toda a família'. Experimente cantar sobre as próprias crianças ou sobre personagens das histórias bíblicas.

Cabeça, tronco, joelho e pé

Cabeça, tronco, joelho e pé.	*(Toque as partes do corpo, conforme forem mencionadas)*
Joelho e pé.	
Joelho e pé.	
Cabeça, tronco, joelho e pé.	
Olho, boca, nariz, Atchim!	

Avaliação

1. Os versinhos simples no nível primário são de pouco valor para as classes de maternal, exceto pelo ensino de novas palavras. V – F
2. As canções para as crianças mais novas devem ser cantadas em tons altos. V – F
3. Apenas algumas poucas crianças do maternal conseguem seguir a melodia das canções. V – F
4. A maioria das crianças do maternal não será capaz de cantar em grupo corretamente durante esta faixa etária. V – F
5. As canções espontâneas das crianças são tão importantes quanto as planejadas pelo professor. V – F
6. As crianças não devem utilizar instrumentos rítmicos até que sejam capazes de manter o ritmo de uma música. V – F

Respostas: 1. F; 2. F; 3. V; 4. V; 5. V; 6. F

5

Como Contar Histórias?

A Bíblia é o livro dos cristãos. Ensinar a Bíblia naturalmente envolve atividades do tipo "ensino através de livros". Conseqüentemente, as histórias se tornaram a parte principal dos esforços da educação cristã no ensino das crianças. Dominar o uso das histórias é uma das tarefas mais importantes para o professor do maternal.

Histórias para o Maternal

As histórias para o maternal podem ser um pouco diferente daquilo que o professor geralmente reconhece como boa história. Independem da causalidade para despertar o interesse das crianças. Ou seja, um evento não acontece necessariamente *porque* algo mais aconteceu. A água não estava por toda a terra porque choveu ou porque o povo era mau. Esta relação causal que liga os eventos está além da compreensão das crianças desta faixa etária. Compreendem somente a seqüência dos eventos: a chuva caiu e a arca flutuou sobre as águas. Samuel ouviu uma voz e não era Eli. Ouviu a voz novamente, e não era Eli, e assim por diante. Os tipos de história mais avançados assimilados pelas crianças do maternal envolvem somente seqüências simples. A maioria delas é constituída de apenas um acontecimento — o que não definiria uma história de verdade numa concepção adulta.

As histórias também não dependem de um conceito desenvolvido de espaço. Por exemplo, não podemos esperar que as crianças compreendam o mundo inteiro sendo coberto pelas águas. Isto envolve um conceito de espaço muito avançado. Os conceitos de tempo também estão além do entendimento do maternal. Crianças que viveram somente de dois a quatro anos não conseguem compreender séculos ou milênios. "Há muito tempo atrás" não é uma oração adverbial relativa a outros tempos, torna-se algo absoluto na mente da criança. Transforma-se num tempo dentro da história, quase um lugar, algo concreto e definido. Contudo, os números às vezes as divertem: "Ele viveu cem anos" ou "Contamos um, dois, três e não podemos continuar a contar as estrelas".

Os relacionamentos também estão além da compreensão dessas crianças. Um menininho pode até saber que é um irmão. Sabe que irmão é um dos nomes pelo qual ele pode ser chamado. Mas não reconhece que isto significa que ele é um irmão para alguém. O professor trabalhará mais ao nível da criança se mencionar mãe, avó, etc., simplesmente como nomes para as pessoas das histórias. Podemos ensinar que Jesus é o Filho de Deus, e as crianças aprenderão que este é um dos nomes de Jesus. É apenas algo que Ele é, e não uma relação de parentesco. Devemos aprender a não projetar na criança nosso modo de pensar adulto, avançado e abstrato. As palavras usadas pelas crianças são limitadas pelo significado concreto que têm para cada uma delas — quando têm significado. Nós as compreenderemos melhor se aprendermos a interpretar suas palavras de acordo com este princípio.

Não estamos aqui dizendo que todas as palavras que implicam relacionamentos devem ser evitadas. Isso provavelmente seria impossível. Não há nenhum mal em ensinar que Jesus é o Filho de Deus. Se ensinado bem cedo, esse conceito crescerá para uma melhor compreensão, de acordo com o próprio crescimento e desenvolvimento da mente da criança.

As relações familiares não são as únicas que devemos considerar. Qualquer tipo de relacionamento enfrentará as mesmas limitações em termos de compreensão — amigos e inimigos, reis e subordinados, etc.

Os relacionamentos devem ser evitados nas histórias sempre que possível. E quando palavras de relação não puderem ser evitadas, devem ser utilizadas de forma concreta. Somente assim as crianças serão capazes de compreendê-las. Nossa comunicação será mais efetiva se agirmos desse modo.

Se o professor tiver grande prática em adaptar histórias para crianças, será bem-sucedido ao contar histórias com suas próprias palavras. No entanto, se as histórias da revista da Escola Dominical foram escritas para leitura oral, é melhor lê-las na íntegra.

As histórias podem ser acompanhadas por visuais no flanelógrafo, mas esta não é a única forma de apresentá-las. E também não é necessariamente a melhor. No seu programa de ensino, é recomendável variar as formas de apresentação. Utilize fantoches, gravuras simples, livros de imagens, flanelógrafo e outros tipos de visuais.

Livros de Imagens

De todos os tipos de apresentação de histórias existentes, o livro de imagens é, sem dúvida, o favorito das crianças. Um bom livro de imagens contém uma combinação cuidadosa de gravuras e palavras. O texto de cada página deve ser curto o bastante para não reter o professor por muito tempo. Os livros para as crianças mais novas do maternal, por vezes, têm apenas uma palavra por página. Como por exemplo, os livros que ensinam palavras cristãs — manjedoura, feno, Maria, o bebê Jesus e outras. Livros mais avançados podem conter uma frase ou algumas linhas por página. A história é o livro por inteiro. Uma coleção de histórias bíblicas com figuras pertence à categoria de livro ilustrado e não de livro de imagem.

Uma boa coleção de livros de imagens enriquece qualquer classe de maternal. Num cenário cristão — Escola Dominical e outros tipos de programas relacionados à Igreja — são mais importantes que blocos, gizes de cera e outros itens comuns às salas de aula. Os livros para leitura em grupo precisam ser artisticamente bem definidos, para que sejam distinguidos a alguns metros de distância. Alguns livros podem ser excelentes para uma leitura no sofá de casa, mas não para um grupo de crianças numa sala de aula, no momento da história.

Durante muitos anos, as bibliotecas públicas têm desenvolvido momentos de histórias para crianças, aprendendo a conduzir esta atividade de forma efetiva. Os professores da Escola Dominical deveriam visitar e aprender com a hora da história destas bibliotecas. Uma das melhores técnicas a aprender é como selecionar uma variedade de histórias para uma aula. Não há necessidade e, aparentemente, nenhuma vantagem em restringir as crianças a somente uma história por aula. Uma sessão de livro de imagens consiste em diversas histórias intercaladas com versos de ação ou outro tipo de movimento, uma canção ocasional e um pouco de conversa. A atividade pode durar vinte minutos ou mais. Depois que as histórias são lidas, normalmente as crianças gastam um pouco mais de tempo, olhando os livros por conta própria. Relacionamos a seguir algumas técnicas que auxiliarão o professor a conduzir uma boa sessão de livro de imagens.

Segure o livro de forma que as crianças possam ver as gravuras. Ao virar as páginas, o professor não pode impedir a visão das crianças. Para isso, deve segurar o livro firmemente com uma das mãos, pela parte de baixo ou de cima. Posicione o livro à sua frente ou de um dos lados. A mão livre virará as páginas, segurando-as pelo topo ou pela parte de baixo. Aprenda a fazer tudo isso sem prejudicar a visão das crianças com seus movimentos. O livro não pode se movimentar. Nunca vire o livro para si. Ao perder o contato com as gravuras, a criança se distrai. O livro deve estar à altura dos olhos das crianças. Se houver mais do que uma fila de crianças, deve ficar ligeiramente acima da cabeça das crianças da primeira fila.

Aprenda a enriquecer a história com sua expressão e seu tom de voz. O maior erro dos iniciantes é ler demasiadamente rápido. Lembre-se: aqueles que ouvem necessitam de um pouco mais de tempo para absorver a história do que os que a lêem. Portanto, leia de forma que as crianças possam compreender cada palavra. Use as expressões de forma natural, não é necessário ser excessivamente dramático. O tom de voz baixo tende a acalmar as crianças. Iniciar a história num tom de voz suave atrai a atenção delas. Cuidado para que seu tom de voz não seja elevado, mesmo que não seja intencionalmente.

As crianças devem se sentar num semicírculo. Mantenha entre as cadeiras distância suficiente para que possam mover os braços e pernas. Se estiverem no chão, ensine-as a manter uma certa distância uma da outra. Caso não consigam fazê-lo sozinhas, arrume-as você mesmo. Se houver algum tipo de distração — passagem de pessoas, luz do sol ou outras classes por perto —, certifique-se de que as crianças ficarão de costas para a distração.

Não espere silêncio completo ou total ausência de movimento. O movimento não indica falta de atenção. Se possível, ignore distúrbios menores, mantendo o curso da história. Algumas vezes, basta mencionar o nome de uma das crianças para encerrar um distúrbio que se inicia: "E Valéria, foi assim que Noé fez". Se uma criança pedir para ir ao banheiro, diga: "Espere só um pouquinho. Mais tarde, teremos tempo para isso". Assim, ela esquecerá o assunto por tempo o suficiente para terminar a sessão de história. Se alguma interrupção não puder ser ignorada, tente não chamar para ela a atenção. Não permita que se torne uma situação disciplinar de grande porte. Responda brevemente e prossiga com a história. Lembre-se de que seus alunos são um pouco novos em tais atividades de grupo. Alguns podem estar vivendo essa situação pela primeira vez. É sua tarefa ensiná-los a lidar com essa experiência, e isso leva tempo.

Se perceber que o interesse pela atividade está se dissipando, omita algumas partes, encerrando-a mais rapidamente. Introduza um interlúdio ativo — uma canção ou verso com gestos, ou uma dramatização de uma das partes da história. As crianças podem levantar as mãos e imitar a chuva caindo, com seus dedinhos, por todo o chão; então levantam as mãos e começam a "fazer a chuva cair" novamente. Muitas ações simples podem ser retiradas das histórias e transformadas em bons exercícios.

Alguns livros requerem a participação das crianças. Um livro de palavras simples, que nomeie um objeto ou pessoa a cada página, pode ser facilmente lido pela maioria das crianças, após ser apresentado algumas vezes. Livros com padrões de repetição convidam as crianças a completar o padrão. Livros com perguntas convidam as crianças a responder. Esteja alerta a palavras que as crianças possam antecipar, dando tempo para que as falem junto com você. Quando esses livros forem apresentados pela primeira vez, devem ser lidos duas ou mais vezes, para que tenham oportunidade de participar. Nas próximas sessões, quando forem reapresentados, nem sempre será necessário lê-los duas vezes. Oriente-se pelo interesse dos seus alunos e por sua capacidade de memorização de cada livro.

Ao término da sessão, por vezes, permita que cada criança tome um livro para manusear — os livros lidos e outros. O número de livros deve ser superior ao número de crianças. Quando termina um livro, normalmente a criança o troca por outro. Faça esta troca ou permita que ela mesma o faça, dispondo os livros sobre uma mesa. Algumas crianças passarão um longo tempo com um mesmo livro, tentando lê-lo. Outras virarão as páginas rapidamente, trocando de livro várias vezes. Cada criança terá seu próprio ritmo no uso dos livros.

Muita aprendizagem se processa numa sessão de história bem explorada e feliz. Apenas uma pequena parte dela será percebida, como um pezinho de batata que começa a brotar da terra. Após várias sessões, poderemos perceber o broto crescendo. Mas ainda assim — como no caso das batatas —, grande parte da aprendizagem continuará fora da nossa visão. De tempos em tempos, partes dela virão à superfície por meio das respostas das crianças. Essas partes nos indicarão que crescimento e aprendizagem interior estão em andamento.

As crianças podem brincar com blocos em casa ou na escola secular. Podem colorir a qualquer momento. Cada uma delas tem suas experiências de aprendizagem individuais — examinando flores, por exemplo — durante a semana. No horário da Escola Dominical, o professor pode contribuir para que vivenciem uma boa experiência de aprendizagem em grupo, com livros, por pelo menos parte desse período.

Flanelógrafo

Há tempos os visuais para flanelógrafo são muito populares com os professores da Escola Dominical para crianças. Contudo, por vezes, esse material é superestimado, e professores criam a expectativa de uma mágica que não pode ser realizada. Por exemplo, as crianças não assimilam uma determinada porcentagem de informação somente porque a viram exibida num painel. E não compreenderão conceitos complexos apenas porque foram ilustrados através das figuras de um flanelógrafo. Todas as limitações das crianças continuarão a existir, não importa como a história seja apresentada.

Os conceitos de espaço não serão esclarecidos pelo espaço do flanelógrafo. Se Jonas foge de Nínive, se as pessoas atravessam o deserto ou se as águas cobrem a terra, as crianças não serão capazes de traduzir a visão do flanelógrafo para uma imagem mental de toda a terra, ou de uma longa e quente jornada pelo deserto, ou a complexa geografia contida na história de Jonas. Na mente da criança, a história acontece no painel. Naquele local e naquele momento.

Para estabelecer um bom canal de comunicação com as crianças, o professor não deve trazê-las para a sua maneira de compreender. Deve tentar se adaptar à forma de pensar das crianças. Isso não é tão difícil quanto parece. Muitos professores já faziam isso antes que surgisse Piaget e suas explicações a respeito da visão da criança sobre o tempo, espaço, causalidade e conceito de concreto. Nenhuma dessas informações é totalmente nova para professores experientes no trabalho com crianças. A novidade para esta geração piagetiana é a teoria sistematizada do desenvolvimento da mente, formulada por Piaget, e o rigor científico com que tais assuntos estão sendo estudados e avaliados. Entretanto, todos sempre soubemos que as crianças não são capazes de compreender abstrações. Não é necessário que a ciência nos diga isso. Ao trabalhar com crianças, o professor também crescerá na sua compreensão da mente infantil e em sua habilidade de se comunicar com eles no seu próprio nível.

Este é o abrigo das ovelhas.	*(Coloque no flanelógrafo a gravura do abrigo.)*
Esta é a ovelha Que vive no abrigo.	*(Coloque a ovelha no abrigo.)*
Esta é a grama Que alimenta a ovelha Que vive no abrigo.	*(Adicione a grama.)*
Este é o pasto Onde cresce a grama Que alimenta a ovelha Que vive no abrigo.	*(Adicione o pasto.)*

Este é o pastor (Acrescente o pastor.)
Que encontra o pasto
Onde cresce a grama
Que alimenta a ovelha
Que vive no abrigo.

(Do Currículo Bíblico da *Accent On Life*. Usado sob permissão.)

Exceto pela ovelha que é colocada dentro do abrigo, todas as outras figuras devem ser organizadas ao redor da primeira figura. O contador de histórias aponta para uma figura de cada vez, e as crianças nomeiam cada uma delas, participando da história. Jogos podem ser feitos, tais como: "O que está faltando?" ou "Quem pode me trazer a gravura da grama?", ou canções podem ser entoadas.

Este é o uso do flanelógrafo no aqui e agora. Não há nenhuma tentativa de transportar a criança para algum tempo atrás ou a algum lugar distante. Tudo acontece no painel. O sistema de simplesmente organizar as gravuras lado a lado é muito útil. Ajuda as crianças a assimilar a seqüência da história. Noé construiu a arca, os animais e sua família entraram nela, a chuva caiu e, por fim, apareceu o arco-íris. A pequenina semente de mostarda transformou-se numa plantinha e então cresceu, tornando-se uma grande planta. Nesses tipos de história, os visuais são simplesmente postos no flanelógrafo na ordem em que acontecem (sempre da esquerda para a direita). As crianças podem recontar a história, falando sobre cada gravura e podem brincar de colocar as gravuras na ordem correta. Nessas atividades, estarão não só aprendendo a história imediata, como também desenvolvendo uma habilidade de compreensão básica: a seqüência da história.

Em algumas situações pode-se mover as gravuras. Ester pode sair de sua casa para viver na casa do seu tio. Contudo, se o professor estiver tentando omitir o conceito de espaço e de relação de parentesco das histórias, essas ocasiões serão raras.

Os itens podem ser contados, removidos (como no caso da ovelha perdida), arrumados em diferentes formações (tais como, dentro ou fora do abrigo) e construídos (como na restauração do templo ou na construção da arca de Noé). Em todos esses exercícios, o princípio básico importante é lembrar-se de que os fatos acontecem aqui e agora para as crianças. É visível, concreto e está à sua frente no flanelógrafo.

Isso não significa dizer que o professor jamais utilizará palavras com conotação de "tempo" e "espaço". Existem ocasiões em que tais palavras não podem ser evitadas. Uma história pode ser iniciada com "Este é Jesus. Um dia, há muito, muito tempo atrás..." Porém, se o professor está em sintonia com seus alunos, não esperará que tais palavras tenham o mesmo resultado que produzem em nossa mente adulta. As crianças não se projetarão para dois mil anos atrás, no tempo de Jesus. No entanto, podem aprender — depois que tiverem uma boa experiência com histórias — a se transportarem para o tempo da história contada. Essa é uma linda época e lugar, unida em uma só coisa, que acontece apenas na infância. Mais tarde, se perde por completo, com exceção do caso de alguns poucos escritores e contadores de histórias que ocasionalmente revivem esta experiência.

Ao utilizar o flanelógrafo, existem questões práticas de mobiliário e arrumação da sala de aula a serem consideradas. Todas as sugestões dadas no tópico sobre os livros de imagens também se aplicam aqui. Além disso, o professor tem o próprio flanelógrafo, que requer um pouco de atenção. Freqüentemente os cavaletes das salas de aula são altos, com um ângulo de inclinação que aponta para o teto. E as crianças se assentam em cadeiras baixas ou num carpete, esticando o pescoço para ver o que é exibido. A solução para este problema é simples. O cavalete deve ser mais baixo, e, ao utilizá-lo, o professor deve sentar-se e não ficar de pé. Ou, descartar o cavalete e usar um painel menor no colo. Nesse sistema, o professor apóia o flanelógrafo no colo, segurando-o com uma das mãos e com a outra acrescenta as figuras. Observa o painel pela parte de cima, sem inclinálo mais do que o necessário para fixar as figuras. As figuras que ainda utilizará podem ficar sobre os joelhos ou numa cadeira próxima.

Fantoches

Os fantoches estão se tornando muito populares e atualmente existem muitos livros disponíveis sobre seu uso. No maternal, esse não precisa ser um assunto complicado com teatros, cenários e fantoches elaborados. Fantoches de saco de papel, de vara, de dedo e outros tipos simples funcionam muito bem nas mãos de uma pessoa com uma boa visão do trabalho. Freqüentemente, as próprias crianças passam a utilizar os fantoches de dedo ou de mão, aprendendo a repetir algumas frases da história.

Os fantoches contribuem para uma aula diversificada. Ocasionalmente podem ser utilizados como visual para histórias, assim como com jogos de ação e corinhos com gestos.

Entretanto, aqueles que têm um interesse profundo por fantoches deveria empregar seu talento num outro departamento da igreja. Os alunos mais novos do maternal estão muito ocupados aprendendo sobre si mesmos e sobre os outros. Ainda são inexperientes em relacionamentos humanos interpessoais. Precisam aprender suas importantes lições de vida através de pessoas e relacionamentos reais. Um palco ou uma caixa (mesmo que no formato de televisão ao vivo) com fantoches e personagens de desenho são substitutos pobres para pessoas reais na vida de uma criança.

Um professor em treinamento certa vez disse: "Temos que ser cuidadosos com aquilo que falamos através dos fantoches, porque as crianças realmente se lembrarão do que for dito". Essa afirmação não tem sentido. Há aqui uma conotação de que existe algo de mágico nos fantoches que supostamente os capacitaria a ensinar as crianças melhor do que seres humanos. A criança não aprende mais com os fantoches do que com pessoas de verdade. Mas com certeza, irá apreciar o fato de seus professores os utilizarem.

Com essa visão de redução proporcional, de senso comum, dos fantoches, o professor pode seguramente introduzi-los na sua classe. As crianças realmente apreciam os fantoches — especialmente os personagens do dia-a-dia, que estão próximos de sua vivência e são facilmente compreendidos. Algumas revistas de Escola Dominical usam fantoches de meninos ou meninas, que se parecem com as próprias crianças do maternal. Numa igreja que começou a usar esse tipo de fantoche, pais vieram perguntar a professora quem eram os novos amigos dos seus filhos. "Atualmente depois da Escola Dominical, só ouvimos falar desses novos alunos da turma". A professora sorriu e respondeu que as duas crianças a que eles se referiam eram os dois fantoches novos.

As crianças também gostam de fantoches de animais. Esta é a faixa etária em que animais falantes têm mais efeito. Até mesmo objetos inanimados, itens da natureza, por exemplo, podem servir de modelo para fantoches. Não restrinja os fantoches a si mesmo ou a quem os apresentar, mas encoraje as crianças a usá-los. As crianças são capazes de utilizar os fantoches, repetindo com eles frases das histórias ou versos aprendidos.

Outros visuais

Em nossos dias, o material publicado pelas editoras vem acompanhado de uma grande variedade de visuais — personagens que ficam de pé para brincar sobre a mesa, ou outros menores para mover em um painel de história de bolso. Para tirar o máximo proveito desses materiais, o professor deve permitir que as crianças os utilizem da mesma maneira que fazem com as figuras do flanelógrafo ou com os fantoches. Se as dobras dos visuais forem muito frágeis, reforce-as com fita adesiva, cartolina ou de qualquer outra maneira que possa inventar, para que resistam mais tempo ao manuseio das crianças.

As figuras planas são um tipo de visual antigo ainda muito apreciado. Têm a desvantagem de não poderem ser manuseadas da mesma forma que as gravuras de flanelógrafo ou as que ficam de pé. Porém, têm também suas vantagens. Com elas podemos formar cenários de fundo e cenas mais completas. Os itens permanecem na mesma posição, facilitando seu reconhecimento, como acontece com as palavras das histórias ou versos favoritos. Além disso, o professor gosta do fato de que podem ser fixadas na parede, onde as crianças as verão repetidas vezes, aprendendo a falar sobre a história que as acompanha. As figuras não são utilizadas somente como visual para histórias. No capítulo dois, citamos alguns exemplos disso.

O professor pode utilizar as crianças e a si mesmo como material visual vivo. Peça a uma criança que venha à frente, encenando estar doente, e seja o pai que buscará Jesus para curá-la. A história é contada enquanto a dramatização acontece. E as outras crianças assistem.

Recontar a história dramatizando-a é uma atividade estreitamente relacionada a visuais vivos. Além de visual, esta atividade também é sinestésica, de movimento, e de aprendizagem. Nesse momento, todas as crianças dramatizam a história, e não somente uma delas. O professor deve construir e conduzir a atividade com uma falação firme e contínua. Diga às crianças:

— Somos José. Estamos saindo para procurar nossos irmãos. Vamos caminhar assim. Vamos andar e andar e subir este monte. Agora, vamos olhar por cima do monte. Estão vendo os irmãos? Não, eles não estão aqui. Vamos para o próximo monte.

Desse modo o professor conduzirá seus alunos através da história. Depois da encenação é uma boa idéia sentar-se e ler o livro, ou contar a história original novamente. As crianças a compreenderão melhor na segunda vez, após a atividade de expressão corporal.

Histórias Interativas

Algumas histórias naturalmente se conduzem para uma versão com efeitos sonoros. Isso pode ser tão informal quanto à dramatização, inserindo-se os detalhes ao longo da atividade. Por exemplo, na mesma história de José descrita acima, as crianças podem imitar o som da caminhada, batendo a palma das mãos no colo (Tap, tap, tap, tap). A história continua e, a seguir, uma nova pausa para o som. Se o professor também fizer os gestos, as crianças o seguirão sem problemas. Poderia ser assim: "José começou a procurar por seus irmãos (Tap, tap, tap, tap). Ele subiu no primeiro monte (Tap, tap, tap, tap). Subiu no segundo monte (Tap, tap, tap, tap). Começou a ficar cansado e andou mais devagar (Tap... tap... tap...). Mas continuava a procurar (Tap, tap, tap, tap)".

Continue a história até que José encontre seus irmãos. Se as crianças gostarem e conseguirem acompanhar a atividade adequadamente, pode-se introduzir outras histórias com mais de um som. Na história de Noé, podem imitar o som da chuva, batendo com os dedos no chão ou na cadeira. O som do vento pode ser feito soprando-se o ar por entre os dentes. Podem imitar os vários animais que entraram na arca: gato, cão, galinha, leão, etc. O som de Noé martelando as tábuas pode ser produzido batendo-se os pés no chão. Quando as crianças já tiverem praticado todos os sons, se divertirão repetindo cada um deles. Passarão a gostar mais da atividade quando forem capazes de realizá-la melhor. Então, conte a história como no exemplo que se segue.

> Noé construiu um enorme barco. *(Sons dos pés)*
> Ele trouxe para o barco um casal de gatos *(miau)*, de cães *(au, au)*, o galo e a galinha *(có, có)*, e os leões *(roar)*.
> (Cite quantos animais desejar.)
> Então a chuva começou a cair.*(Bata com os dedos)*
> E Noé e os animais ficaram no barco por muito tempo.
> Depois de algum tempo, o vento começou a soprar. *(Vuu, vuu)*
> E soprou, soprou e soprou. *(Vuu, vuu)*
> Então, a água se acabou. E Noé saiu do barco. Os animais também saíram: o casal de gatos *(miau)*, de cães *(au, au)*, o galo e a galinha *(có, có)*, e os leões *(roar)*. (Cite todos os animais mencionados no início da história.)
> E a viagem de barco de Noé terminou.
>
> (Do Currículo Bíblico da *Accent On Life*. Usado sob permissão.)

O professor pode escrever algumas das histórias interativas em cartolina, mantendo-as com os versos e corinhos. Poderão ser usadas várias e várias vezes, sempre com as mesmas palavras. Veja este exemplo de 1 Samuel 9.

Saul atravessou a montanha.
(Tap, tap, tap, tap)
Atravessou a terra.
(Tap, tap, tap, tap)
Atravessou outra terra.
(Tap, tap, tap, tap)
Foi encontrar-se com Samuel.
(Tap, tap, tap, tap)
Saul voltou para casa.
(Tap, tap, tap, tap)
As jumentas foram encontradas.

(Do Currículo Bíblico da *Accent On Life*. Usado sob permissão)

Avaliação

1. A compreensão de relações causais faz parte das habilidades cognitivas das crianças. V – F
2. A assimilação de uma seqüência de eventos faz parte das habilidades cognitivas das crianças. V – F
3. As histórias para as crianças nunca devem ser lidas pelo professor, e sim, contadas com suas próprias palavras. V – F
4. O professor nunca deve repetir a mesma história aos seus alunos, pois eles podem ficar entediados. V – F
5. O professor nunca deve contar várias histórias a cada aula, pois as crianças ficariam confusas. V – F
6. O flanelógrafo não é obrigatoriamente o melhor tipo de visual. V – F
7. As crianças recordarão melhor aquilo que for dito por meio de um fantoche. V – F
8. As histórias interativas não são tão boas quanto às do flanelógrafo porque não utilizam material visual. V – F

Respostas: 1. F; 2. V; 3. F; 4. F; 5. F; 6. V; 7. F; 8. F

6

Como Explorar os Jogos e os Movimentos?

As crianças do maternal realmente participam de jogos? Essas crianças tão novas, recém-saídas do berçário? Consideremos o caráter egocêntrico da mente infantil — sua falta de compreensão do significado de um oponente para competir ou de um parceiro para cooperar com elas. Ainda não são capazes de compreender os relacionamentos, tão necessários para a apreciação do resultado ou objetivo de um jogo.

Ao observarmos essas características, percebemos que estão, na verdade, num estágio de pré-jogo. Como todos os "estágios" usados para descrever o desenvolvimento infantil, esta fase não se encontra dividida por uma linha limítrofe rígida. Os jogos se apresentam em vários níveis de dificuldade e as crianças se encontram em vários níveis de desenvolvimento. Não obstante, em termos gerais, podemos definir esta fase como nível de pré-jogo.

Assim, devemos utilizar jogos com as crianças do maternal? Sim, mas organizando pré-jogos. Os pré-jogos não dependem de competição, resultados ou vitórias para atrair seu interesse. Não dependem de cooperação. Na maioria deles, cada criança age independentemente a despeito do que as outras estejam fazendo. Da mesma forma que na brincadeira paralela, agem em conjunto, mas não juntas; ao mesmo tempo, mas separadamente. Em alguns desses jogos parece haver algum tipo de cooperação. Porém, esta cooperação é somente no formato, e não na intenção. É uma visão externa de cooperação, não a realidade interior. Mesmo assim, tal situação se constitui num passo em direção a jogos cooperativos. Todos os pré-jogos são passos em direção aos jogos infantis clássicos. Através deles, as crianças aprendem e se desenvolvem. Portanto, reservemos um lugar para esses jogos em nossas classes de maternal.

Jogos com Cartões e Visuais

Um dos artifícios mais flexíveis que o professor pode ter é um conjunto de cartões relacionados aos diversos tópicos a serem ensinados. No caso das lições utilizadas não fornecerem este tipo de material, o professor poderá facilmente confeccioná-lo. Um conjunto prático e fácil pode ser elaborado sobre o que Deus criou. Recolha gravuras para colar nos cartões ou desenhe figuras simples daquilo que Deus criou — flor, árvore, pássaro, sol, lua, estrelas e outros objetos.

Dê os nomes. Este é um bom jogo para começar. Ajuda as crianças a se familiarizarem com os cartões antes da introdução de jogos mais avançados. Basta levantar um cartão e deixar que as crianças digam o nome do objeto. Dê o cartão para a criança que primeiro respondeu e mostre o próximo. Quando todos os cartões tiverem sido utilizados, recolha-os e recomece a brincadeira.

Conte-me. Segure os cartões de forma que as crianças não possam ver a figura. Levante um dos cartões e pergunte às crianças que cartão é aquele. A criança que acertar receberá o cartão correspondente à sua resposta. Quando todos os cartões tiverem sido utilizados, recolha-os e recomece a brincadeira. Este jogo ajuda a criança a praticar a formação de imagens mentais, já que tem de "imaginar" uma figura que não viu.

Traga-me. Distribua todos os cartões pelo chão ou em outro lugar onde as crianças possam vê-los por completo, com o desenho virado para cima. Faça perguntas, tais como: "Quem pode me trazer o cartão que tem o lugar onde os pássaros constroem seus ninhos?", "Quem pode me trazer aquilo que brilha no céu durante o dia?" Quando todos os cartões tiverem sido utilizados, distribua-os novamente e faça outras perguntas para recomeçar o jogo. Por exemplo, sobre a árvore, pergunte: "Quem pode me trazer aquilo que tem folhas?" Se houver muita confusão cada vez que a palavra *quem* for dita, experimente dizer: "Paula, traga-me o cartão que..." Para crianças mais novas, o jogo pode ser simplificado, nomeando-se o cartão a ser recolhido. "Paula, me traga a árvore". Este jogo auxilia na construção do significado que existe por detrás da simbologia das palavras e figuras.

Escolha um. Embaralhe os cartões e espalhe-os virados para baixo num local onde as crianças possam vê-los. Um voluntário pega um dos cartões, diz o nome do desenho e o entrega ao professor. Quando todos os cartões tiverem sido utilizados, embaralhe-os novamente e repita a brincadeira.

Qual deles está faltando? Inicie este jogo com apenas três cartões. Mostre-os e pratique com as crianças o nome de cada uma das figuras. A seguir, embaralhe-os e espalhe-os virados para baixo. Retire um dos cartões e peça que uma criança desvire os outros dois. Todas as crianças observam e tentam responder qual das figuras está faltando. Repita a brincadeira várias vezes. Torne o jogo mais complexo utilizando quatro ou mais cartões.

Adivinhe. Alguns cartões naturalmente podem ser descritos com ações — cartões sobre ajuda, por exemplo. Nesses casos, olhe o cartão e faça mímica da ação nele descrita. As crianças tentarão adivinhar. Por vezes, algumas crianças podem ser capazes de fazer mímica para que os colegas adivinhem.

Veja a seguir outras sugestões de conjuntos de cartões.

1. Palavras natalinas: manjedoura, palha, bebê Jesus, Maria, pastores.

2. Palavras de Páscoa: cruz, túmulo, anjo, Pedro, ou outros que apareçam quando contar a história.
3. Animais bíblicos: ovelha, camelo, jumento, cabra.
4. Animais de Noé: elefante, sapo, girafa, urso, etc.
5. Cartões de ajuda: colheres (colocar na gaveta ou arrumar a mesa para o almoço), cama (arrumar a cama), triciclo (guardar), vassoura, rodo, porta (fechar sem bater).
6. Cartões de obediência: similar ao descrito acima, mostrando coisas que uma criança deve fazer quando seus pais lhe pedirem.
7. Cartões da família: mãe, pai, bebê, irmão, irmã, avó.
8. Cartões de oração: Mostrando quando podemos falar com Deus — ao deitar, à mesa, ao brincar, na Escola Bíblica Dominical, no carro.
9. As cores criadas por Deus: azul, vermelho, verde, amarelo, marrom, preto.
10. Cartões de números: uma ovelha, duas ovelhas, três ovelhas, quatro ovelhas. Ou uma flor, etc.

Jogos de associação exigem um tipo diferente de conjunto de cartões. Devem ser formados por pares — sapatos e pés, luvas e mãos, boné e cabeça, ou, pássaro e ninho, abelha e colméia, coelho e toca. Um elemento de cada par pode ser colocado em um painel grande de jogo. Isso facilita a associação para as crianças mais novas. Encontrarão o cartão que faz par com cada item do painel, colocando-o no local correto.

Os jogos de classificação são uma outra variação. O painel deve ter duas partes — dia e noite, por exemplo, ou mamãe e papai. Cartões com aquilo que fazemos durante o dia ficam do lado do dia, ou cartões mostrando o papai em algumas ações ficam do lado do papai.

Ao introduzir jogos de associação ou de classificação, primeiramente trabalhe com todo o grupo. Posicione o painel num local onde todos possam vê-lo. Segure um dos cartões e pergunte quem sabe onde aquele cartão se encaixa. Um voluntário coloca o cartão no lugar. Continue até que todos os cartões tenham sido utilizados. Através desse procedimento em grupo, muitas crianças aprenderão a jogar. Mais tarde, poderão fazê-lo individualmente em qualquer atividade à mesa ou em outra área onde sejam mantidos os jogos e quebra-cabeças.

Alguns dos jogos descritos acima podem ser realizados com o material visual da classe — as figuras do flanelógrafo, ou outras figuras. Com três ou mais gravuras, pode-se brincar de "Dê os nomes", "Conte-me", "Traga-me" e "Qual deles está faltando?"

As figuras do flanelógrafo, por vezes, naturalmente se adaptam a outros tipos de jogos. Se a história é sobre Ester se mudando para a casa do seu tio, mais tarde, proponha o jogo "Onde está Ester?" Esconda Ester sob uma casa e deixe que as crianças adivinhem e levantem as casas para encontrá-la. Confeccione casas extras, em cores vibrantes para essa atividade. Se a história é sobre o Livro de Deus perdido ou sobre a ovelha perdida, jogos similares podem ser feitos. Esconda o item perdido sob desenhos ou pedaços de feltro. As crianças adivinharão e procurarão.

Jogos de organização podem ser realizados com diversas figuras do mesmo item — por exemplo, várias casas. Faça casas grandes e pequenas, azuis e vermelhas. Uma versão simples desse jogo consiste em espalhar as casas e orientar uma criança por vez a colocá-la no painel. "Coloque a casa grande em cima e as duas casas pequenas embaixo". "Coloque as casas azuis de um lado e as vermelhas do outro". "Organize todas as casas numa fila". "Coloque as casas do modo que quiser". Para as crianças mais novas, dê apenas ordens simples. Crianças mais maduras são capazes de seguir ordens duplas.

Uma versão mais avançada dos jogos de organização é pedir às crianças que arrumem as casas e a seguir que descrevam o que fizeram. Talvez seja necessário fazer algumas perguntas para guiá-las na sua fala. Crianças, ovelhas, outros animais e itens da natureza também podem ser utilizados nesse tipo de jogo.

Os jogos de esconde-esconde são ainda mais divertidos. Esconda ovelhas de papel pela sala, em quantidade suficiente para que cada criança ache alguma. Ou esconda "livros" de papel ou os irmãos de José. Experimente uma versão mais complexa de esconde-esconde. Oriente as crianças a procurar rostos de papel. Mas devem recolher somente os rostos alegres, os rostos tristes devem ser deixados para trás.

Jogos Cantados

"Mulberry Bush" é um exemplo de melodia muito útil. Esta e outras canções podem ser usadas para ensinar várias ações das lições bíblicas, ou como exercício.

É assim que eu vou à Igreja,
Vou à Igreja, vou à Igreja.
É assim que eu vou à Igreja,
De manhã cedinho.

A letra do corinho também pode ser substituída, por exmplo: "É assim que eu leio a Bíblia" ou "É assim que eu vou orar", ou "subo o monte" ou "pego o peixe". Ou ainda "É assim que eu pego meu pé" ou "pulo alto". Faça os gestos conforme a música for cantada. Ou cante enquanto fazem o exercício. Lembre-se, as crianças pequenas não conseguem realizar duas ações ao mesmo tempo com facilidade. Logo, a canção será praticamente entoada pelo professor sozinho. Não é necessário formar um círculo. Cada criança pode somente ficar de pé, onde estiver. Aceite também sugestões das crianças sobre que ações podem interpretar.

A canção "Você já viu uma dama" oferece mais oportunidades ainda para que as crianças pensem em ações para encenar. Convide Ana para vir à frente, ou para ficar no meio do círculo, se seus alunos já souberem trabalhar com essa formação.

TODOS: Olhe bem, esta é a Ana,
nossa Lori, nossa Ana.
Olhe bem, esta é a Ana.
Olhe o que ela faz...

PROFESSOR: Faça algo.

LORI: Toca os dedos do pé, bate palmas, dá um giro ou faz outra ação qualquer. (Se a criança necessitar de ajuda, sussurre ao seu ouvido alguma sugestão.)

TODOS: (Imitando os gestos de Ana.)
Olhe bem, esta é a Ana,
nossa Lori, nossa Ana.
Olhe bem, esta é a Ana.
Olhe o que ela faz...

Escolha uma nova menina ou menino e repita a brincadeira. O uso do próprio nome da criança na canção demonstra-lhe uma atenção especial e a ajuda no desenvolvimento de sua auto-estima e da sua relação com a classe. As crianças necessitam de muitas experiências como essa.

"Felizes vamos nos movimentar" também é um exemplo de melodia fácil para criar exercícios. Pense com as crianças em um movimento e, então, cante e o faça. A seguir, pensem na próxima ação a ser feita. Cada exercício termina com a frase "E agora bata palmas" ou "E agora bata os pés". Veja alguns exemplos a seguir.

1. Toque o pé e o joelho,
   Toque o pé e o joelho,
   Toque o pé e o joelho,
   E agora bata palmas.
2. Um abraço e gire assim,
   Um abraço e gire assim,
   Um abraço e gire assim,
   E agora bata os pés.
3. Toque o chão e se levante.
4. Dê um chute numa bola.
5. Gire na ponta dos pés.
6. Vamos apertar as mãos.
7. Para frente e para trás.

"Rema, rema seu barquinho" pode transformar as crianças em pássaros ou borboletas. Permita que "voem" pra onde quiserem enquanto a canção é entoada.

Voa, voa, passarinho
Voa, voa, passarinho,
Voa, voa, para o ninho,
Voa, voa, passarinho,
Voa, voa, para o ninho.

Para as crianças com maturidade suficiente para um jogo com um "final", experimente esta versão em que as crianças voam para longe e depois retornam para perto do professor.

Voa, voa passarinho,
Voa longe do seu ninho,

Voa, voa, passarinho,
Volta, volta para o ninho.

Jogos Clássicos Simplificados

Simão diz. Nesta brincadeira, o líder dá ordens que devem ser obedecidas por todos, mas somente quando a ordem for precedida pela frase "Simão diz". Com as crianças pequenas, o professor pode optar por omitir a decisão de seguir ou não as ordens, orientando seus alunos a obedecer a todas elas. Diga "Mamãe diz... toque o chão", "Mamãe diz... pule", "Papai diz... dê uma volta", "Papai diz... levante os braços", e assim por diante. Utilize o jogo como recurso auxiliar para ensinar a idéia de obediência. Ou como forma de extravasar a energia através do movimento. A atividade deve ser tão ativa quanto à ocasião solicitar. Após o jogo, o professor pode conversar com as crianças sobre as coisas que os pais geralmente pedem que seus filhos façam em casa. Fale sobre a obediência.

Em Qual Mão? Este é um dos primeiros jogos que a criança é capaz de aprender a fazer sozinha, sem o professor. Use um pedaço de giz de cera ou qualquer objeto pequeno. As mãos ficam escondidas atrás das costas, com os punhos cerrados e o objeto dentro de uma delas. A seguir, as mãos são apresentadas para que o parceiro adivinhe onde o objeto está escondido, dando um tapinha numa delas. Se acertar, recebe o giz de cera e é a sua vez de esconder o objeto. Se errar, o amigo repetirá o jogo, para que tente acertar mais uma vez. Se o jogo for feito em grupo, escolha a cada erro uma criança diferente para tentar descobrir.

Este jogo pode ser relacionado às lições, utilizando-se objetos diferentes. Por exemplo, desenhe dois olhos numa pedrinha e ela poderá ser a ovelha ou o peixe. Use uma semente ou um grão qualquer quando estiver ensinando que Deus dá o crescimento aos seres vivos. Com um pouco de imaginação, o professor será capaz de pensar em outras idéias para relacionar o jogo às lições, conforme a necessidade.

Siga o mestre. Existe uma grande variedade de formas de se utilizar desta brincadeira. "Agora, voaremos como os pássaros". Bata os braços permanecendo no mesmo lugar ou movimentando-se pela sala. "Agora, pularemos como um sapo". "Agora, vamos tocar aquela parede". A diferença entre esta versão e a versão clássica é que a necessidade de uma determinada formação é omitida. As crianças não seguem o mestre em fila, indo aonde ele for e mudando as ações conforme ele as muda. Em vez disso, a formação é livre e cada nova ação é anunciada.

Faz-de-conta

Este tipo de atividade é muito informal, podendo ser utilizada quando o desejo de se movimentar estiver presente. Retire suas idéias de qualquer história bíblica. Samuel ajudava no templo? Convide seus alunos a fazer de conta que são Samuel. Tire o pó da mesa, varra o chão, dê brilho no castiçal e abra as grandes portas para que todos possam entrar no templo. Noé construiu uma arca? Façam de conta que estão carregando pesadas tábuas de madeira, coloque-as no lugar e martele os pregos. Depois, besunte as fendas com betume. Jesus curou a menininha? As crianças podem fazer de conta que estão doentes e cada vez mais doentes. O professor será o pai, que buscará a Jesus. Retorna com Jesus, que diz: "Levante-se, menininha". E todas as crianças se levantam da cama e comem.

Estão aprendendo sobre as ovelhas? Sejam as ovelhas e deixem o aprisco de manhã. Coma grama, beba água e durma. Volte para o aprisco à noite. O que um camelo faz? Ajoelhe-se para que alguém coloque uma carga sobre suas costas. Reclame e resmungue, porque não gosta disso. Levante-se devagar. Bata com o pé porque está zangado. Carregue sua carga pesada por um longo caminho. Ajoelhe e deixe que tirem o fardo de suas costas.

Seja os animais vindo para a arca. Finja ser as árvores criadas por Deus. Seja a própria criança. Fique agachado para mostrar o quanto era pequenino quando era um bebê. Vá crescendo devagarzinho até ficar do seu tamanho atual. Faça novamente. Cresça bem devagar.

Algumas vezes, podemos transformar um jogo de gestos com dedos em uma atividade de movimentos maiores. Veja este exemplo, que usa o jogo "Uma ovelhinha".

Uma ovelhinha está no curral
Duas ovelhinhas estão no curral
Todas as ovelhas estão no curral.

No primeiro verso toque em uma criança, que irá para o curral — um cantinho da sala ou outro lugar pré-determinado. No segundo verso, toque em outra criança. No terceiro, todas as crianças se levantam e seguem para o curral. Esta última parte é tão divertida que a brincadeira terá de ser repetida várias vezes. Por certo, algumas crianças permanecerão nos seus lugares apenas observando o que acontece. Isso é normal; permita que assistam. Não force a participação das crianças em nenhuma de suas atividades.

Se as crianças já conseguirem trabalhar em círculo, o próprio círculo poderá ser o curral. Uma criança vai para o centro, depois a segunda e no final todas se juntam no meio.

Atividades de movimento informal são de fácil manuseio para o professor. Não requerem preparações avançadas. Promovem movimento para os grandes músculos e aprendizagem sinestésica, assim como auxiliam as crianças na formação de imagens mentais das ações. Freqüentemente também envolvem aprendizagem de vocabulário.

Essas atividades formam uma parte muito útil do repertório de ensino no maternal. O professor pode incluir uma ou mais delas em cada aula.

Avaliação

1. As crianças do maternal tendem a apresentar dificuldades nos jogos, quando têm de cantar e fazer os gestos ao mesmo tempo. V – F
2. O professor deve insistir para que todas as crianças participem dos jogos. V – F
3. Os jogos promovem muitos tipos de aprendizagem. V – F
4. O único objetivo de um jogo é providenciar movimento. V – F
5. Quais desses elementos caracterizam melhor os pré-jogos descritos neste capítulo?
   a. competição
   b. cooperação
   c. resultado final do jogo
   d. tarefas de solução de problemas
   e. perder ou ganhar
   f. ação paralela
   g. orientação do professor
   h. seqüência e fim

Respostas: 1. V; 2. F; 3. V; 4. F; 5. d (Veja, por exemplo, os jogos com cartões.), f ("Simão diz" é um exemplo perfeito, como todos os jogos cantados e jogos de faz-de-conta; os jogos com cartões envolvendo solução de problemas também são extremamente paralelos, quando usados em pequenos grupos e a vez não se torna um fator.), g (Praticamente todos os jogos, apenas alguns poucos, como "Em qual mão?" podem ser feitos sem o auxílio do professor.), h (Jogos de esconde-esconde, "Voa, voa passarinho", e "Uma ovelhinha" são bons exemplos de jogos com fim.)

7

Procedimentos, Material Didático e o Ambiente da Sala de Aula

Auxiliando na Adaptação da Criança

Algumas das crianças de sua turma freqüentaram o berçário da igreja desde que nasceram. Já estão tão bem adaptadas à ausência dos pais que a mudança para a classe do maternal definitivamente não será um problema. Contudo, essa separação pode ser um problema para outras crianças que começam a freqüentar a Escola Dominical a partir dos dois anos.

Existem várias maneiras de tentar lidar com essa situação. Por vezes, a própria mãe saberá melhor que ninguém o que fazer. Por exemplo, a mãe sabe se pode dizer até logo e sair, mesmo que o choro comece. Essa atitude resolve o problema em muitos dos casos, pois assim que a mãe se retira e a criança inicia uma atividade interessante, pára de chorar. Em outros casos, a mãe precisa se sentar um pouco por um minuto ou dois, até que a criança se sinta segura o bastante para se integrar às atividades por conta própria.

Nunca devemos deixar que os pais saiam furtivamente. Desde o início de sua vida, a criança precisa aprender a confiar, e é importante que seja capaz de confiar nos seus pais e professores. Melhor é ter um adeus firme e a confirmação "Eu volto logo", e algumas lágrimas, do que deixar que os pais saiam sorrateiramente enquanto a criança estiver de costas. Cada criança tem uma reação diferente a novas experiências. Algumas demonstram seu medo e raiva chorando, fugindo ou dizendo: "Vá embora". Nesses casos, o professor deve mostrar à criança que compreende o que ela sente. Outras respondem retraindo-se. Seguem ordens e fazem aquilo que se espera delas, mas por medo de agir de outra maneira. Não existe espontaneidade ou reação. Se reconhecer uma criança nessa condição, o professor deve, novamente, tentar fazê-la entender que a compreende — não com uma longa conversa, mas com frases breves e simples. Quando sentem medo de terem sido esquecidas ou ignoradas, algumas crianças agem de forma boba. Dê-lhes muita atenção para que não precisem agir assim. Se tratarmos esse sintoma com atenção, a necessidade de tratamento gradualmente diminuirá. Algumas crianças tornam-se agressivas, tentando provar que são grandes e fortes e que não estão com medo. Dê-lhes abundante segurança a respeito de si mesmas, em relação ao meio ambiente, ao retorno dos pais e assim por diante. Cuide do medo e não da valentia. Cuide da causa e deixe que o sintoma desapareça naturalmente.

Isto não significa que o professor deve dar atenção à criança no exato momento em que ela age. Consideramos que uma boa técnica para domínio de classe é, se possível, ignorar o comportamento reprovável, dando atenção àqueles que se comportam adequadamente. No entanto, o professor deve estar atento para identificar as crianças que necessitam de atenção e segurança especial, planejando ajudá-las o quanto for possível. Demonstre a todas elas compreensão e amor. Ao ajudarmos nossos alunos a superar o medo e a aceitar novas experiências, também estamos ajudando-os a adquirir uma importantíssima confiança básica e uma habilidade mais avançada para aprender.

Planejamento

Cada situação requer seu próprio planejamento. Uma aula na Escola Dominical de uma hora exige um tipo de planejamento e uma aula de duas a três horas requer um outro tipo. A aula com duração de tempo maior requer também que se saiba se as mesmas crianças permanecem toda a manhã ou se outras crianças virão na segunda parte do período, como no caso de igrejas que realizam dois cultos seguidos. Numa situação assim, o professor deve providenciar para as crianças do "segundo culto", a mesma qualidade de ensino que as primeiras receberam.

Em aulas mais longas, geralmente, existe uma troca de professores. O primeiro professor ou equipe é responsável pelo período da Escola Dominical e o outro pelo período do culto. Nesse caso, é conveniente que cada professor ou equipe trabalhe independentemente do outro. Contudo, melhor seria se pudessem cooperar ao menos no planejamento das atividades do dia, para que haja equilíbrio entre momentos calmos, ativos, e atividades e organização do tempo livre. Os momentos de ir ao banheiro, descansar e lanchar devem ser planejados numa perspectiva de manhã como um todo.

Ao organizar o planejamento da Escola Dominical, o professor deve se lembrar dos objetivos especiais da educação na igreja. Não devemos duplicar o que é feito nas escolas seculares ou nos centros de atividades para crianças. Só porque algo é "educacional" ou bom para o desenvolvimento infantil, não significa que necessariamente deve ser incluído no planejamento da Escola Dominical. Devemos usar o tempo da melhor maneira possível para alcançar os objetivos da educação cristã.

Se o período da aula for de apenas uma hora, é melhor começar com o planejamento sugerido na revista de Escola Dominical adotada. Tendo esse planejamento como ponto de partida, o professor fará as devidas adequações à realidade de sua classe. Nesse tipo de aula, não é necessário incluir todos os componentes de uma manhã de maternal normal. Por exemplo, a atividade de brincadeira livre é dispensável. E se o espaço for tão limitado quanto o tempo, de forma nenhuma esta atividade deverá ser incluída. Uma atividade de brincadeira livre calma pode ser necessária, se, por exemplo, a aula não estiver atraindo as crianças como deveria. Ou, se o professor desejar criar a oportunidade de trabalhar com uma ou duas crianças de cada vez em uma atividade em particular. Poderá fazê-lo enquanto as outras brincam sozinhas. Ou ainda, se desejar, usar a atividade livre para conhecer melhor seus alunos, a fim de ajudá-los em sua adaptação na classe ou a aprender a realizar coisas com os amigos. Existem bons usos para a atividade livre e as crianças geralmente precisam dela durante a semana, mas não precisam obrigatoriamente que esta atividade aconteça durante a única hora da Escola Dominical.

A seguir, vemos um exemplo de planejamento que não inclui a atividade de brincadeira livre. Os minutos têm o objetivo somente de dar uma idéia geral do tempo, pois, na verdade, a duração de cada período é flexível, sendo diferente a cada aula.

10 minutos – Boas vindas. Cumprimente-as e as ouça. As que chegarem primeiro podem brincar com quebra-cabeças, ajudar o professor na preparação da aula e etc.

30 minutos – Aprendizagem em grupo. Histórias, canções, versos de ação, jogos, dramatização, conversação e outras atividades de aprendizagem planejadas.

15 minutos – Trabalhos manuais. Trabalho manual planejado. Geralmente uma folha relacionada à lição, para levar à casa mais tarde. Argila ou outros materiais disponíveis para aquelas que terminarem a atividade mais rapidamente.

5 minutos – Encerramento. Recolha os papéis e os pertences. Converse sobre o que foi feito e aprendido na aula de hoje.

Um planejamento para uma aula de mais de duas horas deve conter: (1) brincadeira ativa, se possível na área externa; (2) brincadeira mais calma; (3) descanso; (4) banho e higiene; (5) lanche. Se sua aula dura duas horas e meia, como na maioria das escolas dominicais, incluindo-se tempo para deslocamento, indo e vindo, compreenderá a necessidade dos itens relacionados acima, pois esse é um período relativamente grande para as crianças de dois a três anos. Algumas vezes, a ida ao banheiro é incluída logo na primeira atividade, com outros assuntos da chegada das crianças. Veja abaixo um planejamento para uma aula de duas horas e meia.

10 minutos – Boas vindas. Cumprimente-as e as ouça. Atividades simples para as primeiras a chegar.

30 minutos – Aprendizagem em grupo. Histórias, canções, versos de ação, jogos, dramatização, conversação e outras atividades de aprendizagem planejadas.

30 minutos – Trabalhos manuais. Trabalho manual planejado com uma folha para levar à casa mais tarde, seguida de trabalho manual de livre escolha, incluindo gizes de cera, pinturas, argila, quebra-cabeças, jogos de classificação, costura e outras atividades de mesa. Arrumação.

Transição – As crianças que vão embora após a Escola Dominical começam a sair conforme os pais vem buscá-las durante o período dos trabalhos manuais. Os professores que ficarão com as crianças durante o culto substituem os que ficaram durante o horário da Escola Dominical ao longo desta e da próxima atividade. Os professores do primeiro período permanecem até que seus substitutos cheguem.

20 minutos – Brincadeira ativa. Se possível na área externa. Ou utilize os materiais de grande porte para área interna (escalada, brinquedos com rodas, escorrego, etc.) Se o espaço for limitado, use jogos ativos direcionados pelo professor.

10 minutos – Banheiro e higiene. Algumas crianças podem começar a preparar a mesa para o lanche.

10 minutos – Lanche. Momento calmo para apreciar o lanche e a companhia uns dos outros. As crianças podem se servir de suco, colocar os guardanapos, servir os biscoitos e orar. É um bom momento para o professor conversar com as crianças.

10 minutos – Descanso. As crianças deitam-se em esteiras ou toalhas. Coloque música suave ou cante para elas.

20 minutos – Aprendizagem em grupo. Histórias, canções, jogos e assim por diante. Examine e converse sobre uma flor ou outra criação de Deus. Proporcione aprendizagem através de figuras, livros e objetos.

10 minutos – Brincadeira calma. Diga adeus a cada criança conforme seus pais as vierem buscar.

Material Didático e Espaço Físico

Recomendamos um espaço físico interno de 3 a 5,5 m^2 por criança. Isto significa uma sala de 6 x 9 para uma classe de dez crianças. Este espaço é muito maior do que o espaço disponível na maioria das igrejas. A recomendação mínima é de 6 x 5 para dez crianças. Embora este espaço já esteja mais próximo do que o espaço disponível nas igrejas, muitos bons professores trabalham atualmente com menos que isso.

Devemos ressaltar que as igrejas geralmente não oferecem um programa tão completo quanto as escolas seculares. E suas necessidades são diferentes. Certamente uma igreja em que as crianças se sentam com seus pais durante o período do culto, seguindo um planejamento de apenas uma hora, pode funcionar com menos espaço do que o recomendado. Uma igreja com planejamento para período integral também pode oferecer menos espaço. Porém, deve planejar cuidadosamente como conter a maior atividade das crianças, assim como as atividades que requeiram espaço, ou deve fazer mais uso da área externa. Num programa semanal isto não é um problema tão grande quanto seria num programa diário.

É necessário fazer um bom estudo da situação do maternal em cada igreja, para que possamos determinar melhor o espaço físico recomendável. Até que isto seja feito, as igrejas devem tentar se aproximar das recomendações mínimas para as escolas seculares. No mínimo, o maternal e o jardim de infância devem ter mais salas do que qualquer outro departamento da igreja.

As salas do maternal devem ficar localizadas no andar térreo, com saída direta para a área externa de brinquedos. Banheiros e toaletes, diretamente ligados à sala principal. Desta forma, a supervisão das crianças fica formidavelmente simplificada, facilitando a flexibilidade do planejamento no intuito de alcançar as necessidades das crianças. Bom seria ter janelas grandes e baixas, principalmente se houver alguma vista. Se a janela somente permitir ver grande movimento de pessoas, é melhor que sejam altas, mas ainda assim, que permitam luz abundante.

Recomenda-se trancas, à prova de crianças, nas portas externas. As paredes precisam oferecer espaço amplo para exibir os trabalhos das crianças — na altura dos olhos das crianças e não dos pais e professores. O chão é muito importante, visto que as crianças passam muito tempo nele. Não deve ser simplesmente de concreto, nem de lajotas frias. Precisa ser de material que se mantenha em temperatura amena e de fácil limpeza. Numa parte da sala pode-se colocar um carpete ou tapete. Cadeiras, mesas, toaletes, pias e bebedouros devem estar adequados à altura das crianças. Degraus firmes para pias e bebedouros auxiliam nessa adaptação em igrejas que não foram construídas considerando-se esses aspectos.

O espaço para guardar os materiais deve ser amplo e de todos os tipos — alto para os professores, baixo para as crianças, prateleiras abertas e portas fechadas. As prateleiras amplas e abertas são o tipo que mais freqüentemente falta nas igrejas. Julgam necessário manter tudo em armários fechados, talvez, pela preocupação com o asseio, ou para manter os materiais fora do alcance de crianças mais velhas, ou outros grupos que também utilizem a sala. Entretanto, existem maneiras inteligentes de contornar estes problemas. Uma delas é utilizar gabinetes giratórios, que podem ficar com a parte aberta à mostra durante a aula do maternal e de frente para a parede nos outros momentos. Portas corrediças também são uma boa opção. Não importa como, as crianças necessitam de prateleiras abertas para que possam aprender a ter responsabilidade em retirar e guardar seu próprio material.

Essa área das prateleiras precisa ser planejada cuidadosamente. Os itens não podem ser armazenados e amontoados de forma que impeçam o manuseio das crianças. Apenas o material de uso imediato fica guardado nas prateleiras das crianças. Os materiais extras precisam ser guardados no armário do professor. De vez em quando, é necessário substituir o material diário por outro. Quando as crianças perderem o interesse por um conjunto de brinquedos, quebra-cabeças ou material para trabalhos manuais, substitua-os por uma nova opção.

Caixinhas individuais são úteis para guardar os pertences de cada criança — os trabalhinhos, bolsas ou brinquedos que trazem de casa, etc. Armários do tipo usado em vestiários são úteis para guardar casacos e sapatos. Tais facilidades são dispensáveis em classes menores, mas com grupos maiores ajudam imensamente a tornar mais fácil o trabalho do professor. Também ajudam a dar às crianças um sentimento de posse, e muitas delas necessitam de um espaço somente seu.

Os brinquedos de grande porte, para área interna e externa, não precisam ser caros. Nem precisam ser do tipo tradicional. Ultimamente, muitos professores têm planejado criativamente seus próprios pátios de recreação, utilizando barris usados, caixas, partes de automóveis velhos, toras de árvores e outros itens. As próprias lojas passaram a fornecer brinquedos de múltiplo uso. Assim, temos disponível a forma mais cara ou a mais barata, do tipo faça você mesmo. As crianças gostam de escalar, se pendurar, se balançar, rastejar por dentro, rolar, empilhar ou carregar.

A arrumação da sala também exige criatividade. Assim como planejamos nossa casa com áreas para diferentes tipos de atividades (grupos de tamanhos variados, privacidade, aconchego, barulho e quietude), precisamos refletir cuidadosamente sobre os padrões de passagem e usos das áreas de nossa sala de aula. Os brinquedos e jogos que ficam no chão são usados num local de passagem? As atividades ruidosas estão próximas das silenciosas? Pesquisas comprovam que num espaço completamente aberto, as crianças tendem a fazer mais ruído do que em áreas onde estão visualmente separadas dos outros. Divisórias baixas que bloqueiem a visão das crianças, sem impedir completamente a visão do professor são aconselháveis.

É necessário ter um amplo espaço vazio para as atividades em grupo. E também um caminho desimpedido através de toda a sala. Todas as áreas devem ser de fácil acesso para supervisão. Essas três considerações são essenciais em qualquer planejamento de espaço. O planejamento adicional de centros de aprendizagem ou recantos, onde a criança possa ficar sozinha, dependerá dos objetivos de cada professor e do tipo de currículo elaborado.

Centros de Aprendizagem

Os materiais e centros de aprendizagem usados na sala de aula também dependerão do tipo de currículo oferecido. Para ilustrar esse importante princípio, tomemos como exemplo o tão conhecido centro dos blocos. Em qualquer livro padrão para maternal, os valores da brincadeira com blocos será semelhante a esta lista abreviada.

1. Favorece a construção dos conceitos de número, forma, espaço, peso e assim por diante.
2. Favorece a construção dos conceitos de equilíbrio e apoio.
3. Promove prática na discriminação visual e tátil.
4. Promove movimento e contribui para a construção da coordenação motora.
5. Promove oportunidade para solução de problemas.
6. Promove oportunidade para experimentação.
7. Auxilia no aumento de vocabulário.
8. Promove escape do mundo humano interpessoal para o mundo dos materiais.
9. Promove oportunidade de criar seu próprio mundo individual.

10. Promove oportunidade para alcançar e construir auto-estima.

Os professores de Escola Dominical por vezes tentam utilizar os blocos para construir o templo ou outra atividade qualquer relacionada à lição. No entanto, tal atitude negligencia o fato de que a fascinação infantil pelos blocos está relacionada com construir suas próprias coisas e não aquilo que o professor deseja. Numa bem equipada sala de aula, um homem corajoso e entusiasticamente trabalhava para conseguir que as crianças o ajudassem a construir as paredes do templo. Algumas delas o fizeram por um momento ou dois e depois se voltaram para outra coisa. Algumas se divertiram em derrubar as paredes, saindo logo após para explorar outras partes da sala. Um outro professor com um cronômetro registrou que nenhuma criança permaneceu na atividade do templo por mais de dois minutos. Enquanto isso, um menino construiu uma longa estrada de blocos pelo carpete. No final da estrada, começou a erguer uma garagem. Trabalhou no seu projeto por vinte e cinco minutos e ainda teria ficado mais tempo, se todas as crianças não tivessem sido chamadas para o círculo a fim de ouvir a história.

A brincadeira com os blocos tem muitos valores, mas os educadores cristãos precisam avaliar cuidadosamente o quanto podem acrescentar à escola dominical ou ao currículo da igreja. Será que o espaço na prateleira e no chão e o tempo que tomam se justificam em termos de necessidades e objetivos de uma igreja em particular? Alguns responderão que sim e outros que não.

Da mesma maneira, cada igreja deve decidir em relação aos outros centros de aprendizagem — centros de casinhas, da natureza, de livros, de música, de arte, etc. Alguns deles terão mais valor que outros para um determinado programa de ensino. Nessas decisões o tempo e o espaço ocupado devem ser considerados. O estilo de ensino e a filosofia básica também afetam o uso dos centros. Aqueles que preferem utilizar o máximo de tempo possível em experiências de aprendizagem em grupo terão menos tempo disponível para usar em aprendizagem individual nos centros.

Professores que querem usar os centros, mas tem um espaço muito limitado, podem com criatividade planejar ao menos um ou dois centros. Os centros de aprendizagem não precisam ser tão formais que requeiram uma área cercada e muito equipamento. Podemos dizer que uma criança sentada no chão, ouvindo uma fita num fone de ouvido, enquanto outras se sentam à mesa para fazer seu trabalho está experimentando um centro de história ou de música. Os fones de ouvido a separam do resto da turma; as outras crianças prosseguem em sua atividade e ela prossegue na sua. Duas crianças, sentadas ao chão, olhando um livro de imagens, estão desfrutando de um centro de aprendizagem. Pode não haver uma sala para cadeiras, almofadas e exposição de livros. O professor pode apenas apanhá-los quando as crianças os solicitarem, guardando-os logo após serem lidos, mas naquele momento, se tornaram um centro de aprendizagem. Deste modo, professores tem oferecido muitas atividades para seus alunos, mesmo em salas de tamanho reduzido. Um professor instala o centro aquático; duas crianças de cada vez brincam com barquinhos numa bacia plástica no chão, enquanto as outras trabalham à mesa.

Os professores precisam usar a criatividade para explorar ao máximo o espaço disponível. Todavia, ao mesmo tempo, muitos deles deveriam também apelar à direção de suas igrejas que lhes seja concedido mais espaço.

Avaliação

1. Os pais não devem sair sorrateiramente quando as crianças estiverem olhando em outra direção. V – F
2. Se uma criança age de forma tola ou ameaça os colegas, provavelmente necessita de umas palmadas. V – F
3. As aulas de maternal mais curtas, de apenas uma hora de duração, nem sempre necessitam incluir um momento para as brincadeiras livres. V – F
4. Um planejamento mais extenso deve incluir brincadeiras ativas e calmas, descanso, higiene e lanche. V – F
5. As necessidades de espaço variam de acordo com o tipo de programa oferecido. V – F
6. As prateleiras devem ter portas e trancas para que as crianças não tenham acesso ao material da sala. V – F
7. Os centros de aprendizagem são essenciais num programa de Escola Dominical. V – F

Respostas: 1. V; 2. F; 3. V; 4. V; 5. V; 6. F; 7. F

8

O Professor na Sala de Aula

Sérgio

Num domingo, Sérgio entrou em sua sala do maternal e anunciou:

— Agora já tenho quatro anos. Posso pintar e colorir e fazer tudo. Com quatro anos, posso fazer as coisas.

A professora mal podia acreditar. Sérgio era um aluno que quase todos os domingos, por causa da sua frustração em relação às atividades que nunca pareciam ser tão fáceis quanto ele gostaria, chorava dizendo:

— Não posso. Não consigo.

E Sérgio continuou, enquanto caminhava em direção à prateleira de papel:

— Vou pintar. Hoje quero pintar. Agora já tenho quatro anos.

Normalmente a pintura e outras atividades livres eram feitas no fim da aula. A professora rapidamente pensou em pedir que ele aguardasse, mas parou antes mesmo de falar. Percebeu que algo importante estava acontecendo e achou melhor não interferir. Outras crianças chegaram. O menino e a professora partilharam com elas o grande evento — Sérgio agora tinha quatro anos. Alguns ficaram em volta para ver o que ele conseguia fazer, já que agora tinha quatro. Outros, vendo que ninguém se reunia para a hora da história, aproveitaram a oportunidade para pegar alguns brinquedos, o que geralmente não era permitido no início da aula.

"E agora, o que foi que eu fiz?", pensou a professora. "Nossa rotina foi por água abaixo, e daqui a pouco tudo vai ficar uma confusão."

Contudo, em pouco tempo, Sérgio já havia pintado várias folhas, todos já tinham admirado seus desenhos e ele já estava pronto para guardar tudo.

— Quando se tem quatro anos, nos lembramos onde colocar o pincel, o avental e todo o resto — disse a professora.

Ela não deixaria aquela oportunidade passar. Também explicou às outras crianças que todos deveriam guardar os brinquedos e se reunir para a hora da história.

O restante da aula transcorreu quase como de costume, exceto que parecia que todos haviam crescido um pouco com o grande dia de Sérgio . Essa é uma história real, e não uma ficção. A nova postura do menino se manteve. E a cada domingo, o autoconfiante Sérgio continuava a enriquecer sua classe, e lembrava ao professor que todas as suas crianças estão crescendo e se desenvolvendo.

Tricia

Numa outra classe, a tímida Tricia estava em seu primeiro dia de aula. As crianças estavam sentadas à mesa, brincando com quebra-cabeças. Tricia se assentou com eles e tentou se ambientar observando com seus grandes olhos. Ela não tinha quebra-cabeças; e não sabia nada sobre o armário onde estavam guardados. Não era agressiva o bastante para tentar pegar o jogo de uma outra criança e a professora estava muito ocupada para perceber sua situação. Então, ficou apenas sentada, olhando e pensando.

Depois de algum tempo, viu a professora e as crianças guardarem os quebra-cabeças no armário. A porta foi fechada com firmeza e os quebra-cabeças desapareceram. A seguir, arrumaram as cadeiras em semicírculo e Tricia permaneceu sentada no mesmo lugar. Não cantou, não recitou o texto áureo, não participou da brincadeira com os fantoches de dedo e não interrompeu a história. Sua mente poderia estar ativa com um milhão de coisas, mas ninguém podia perceber isso. Apenas viam como ela permanecia sentada. Passado um longo tempo, Tricia viu a professora se levantar e fazer alguma coisa numa caixa preta. A música começou e todas as crianças começaram a marchar pela sala. Tricia foi conduzida para a fila e marchou também. Quando a música parou, procurou por sua cadeira. Havia sumido. O semicírculo também havia sumido. As crianças retornavam para as mesas, onde estavam as cadeiras. Ela achou uma cadeira vazia e se assentou.

A professora estava ocupada perto da mesa grande, entregando algo para algumas crianças e conversando com elas. Duas meninas se sentaram à mesa com Tricia, quietas, esperando. Tricia olhou para a mesa vazia, para a porta do armário e para a mesa vazia novamente. Levantou-se, foi ao armário, pegou um quebra-cabeça e voltou para a sua mesa. Tinha acabado de espalhar algumas peças para brincar, quando a professora se aproximou.

— Não — falou a professora, recolhendo tudo. — Não está na hora de brincar. Agora, vamos fazer o trabalho com a folha de papel.

Métodos de Ensino

Os professores têm visões distintas do seu papel. Provavelmente, a maioria deles é influenciado pelo que o "professor" era para eles em sua infância. Dificilmente se recordam de professores da época que tinham três anos, mas lembram-se de outros professores

— talvez alguém que sabia todas as respostas, que lhes dizia quando estavam errados, que lhes dava tarefas e verificava se haviam sido bem cumpridas ou não.

Geralmente, nessas memórias o papel do professor era controlar e o papel da criança, obedecer.

A professora de Tricia, como descrito acima, pode parecer insensível às necessidades das crianças e duramente autoritária. Porém, na verdade, é somente uma professora dedicada e esforçada, ocupada com uma classe muito grande, tentando manter o controle das coisas, para ensinar às crianças uma rotina regular. Nesse caso, sua ação tinha o objetivo de ensinar a Tricia a rotina de logo após a marcha, se assentar para trabalhar com as folhinhas. Na intenção de manter a rotina de trabalho, acabou por não perceber que aprendizagem marcante Tricia experimentou no seu primeiro dia. Aprendeu que as crianças podem brincar com quebra-cabeças na mesa. Também aprendeu onde são guardados os quebra-cabeças. E em silêncio, com autonomia, agiu de acordo com sua aprendizagem.

Esta recusa de forma alguma impedirá Tricia de aprender. Nesse caso, ela poderá estender sua aprendizagem, ajustando-a para ver que algumas vezes podemos usar quebra-cabeças nas mesas. Também pode aprender a se posicionar em relação a professores ocupados e impacientes, e esta pode ser uma aprendizagem mais útil do que a primeira. Uma dieta contínua de recusas à sua aprendizagem e autonomia poderia ter o efeito de reprimir o espírito. Tricia poderia aprender a não pensar ou agir por si mesma, mas ser apenas uma dócil criança da turma, permitindo que o professor faça tudo e diga-lhe o que fazer.

A professora de Raymond, também tentou manter uma certa rotina na sua aula e sentiu-se culpada quando permitiu que quebrassem essa rotina. No entanto, os resultados positivos de tal incidente se encontram na lição da próxima semana. Os professores aprendem tanto quanto os alunos.

Manter a rotina da sala de aula não é a única técnica que dá ao professor a idéia de controle e o sentimento de que estão ensinando de verdade.

Uma outra área que dá ao professor a sensação de controle é o trabalho das crianças. Alguns professores caminham pela sala de aula, verificando se as crianças colaram este ou aquele adesivo no local correto. Observam se utilizaram a "cor certa", aconselhando-as a permanecer dentro da linha, etc. E o que é ser professor, senão ensinar nossas crianças como fazer as coisas melhor e corretamente?

Uma estranha idéia contrária a esse tipo de ensino têm tomado força nos últimos anos. Dizem que as crianças não devem ser criticadas, nem pressionadas em seus primeiros esforços; os professores devem suprir suas necessidades de elogios e encorajamento. Em conseqüência disso, os professores agem como aquela que se assentou à mesa com dez crianças, fazendo cordões de macarrão. Falando rapidamente quase que sem parar, a professora dizia:

— Ótimo, Rogério. Você está fazendo um trabalho fantástico, Júlia. Que lindo, Paula! Ah, gostei do seu. Fantástico! Excelente! Maravilhoso!

A professora mal olhava para o que estava acontecendo. Estava ocupada selecionando os macarrões coloridos, mas cumpria o seu papel de professor, da forma como o via.

Alguns professores até mesmo assumem um tom de voz completamente diferente do seu. Uma voz que diz: "Agora, meus pequeninos, vou falar com vocês". Sintomas como esses podem ser indicações de que as pessoas estão desempenhando o papel de professor de maneira oposta ao que realmente significa ser professor.

Encontrando seu Próprio Método

Não é fácil ensinar crianças pequenas, e não nos surpreende o fato de que as pessoas experimentam muitos métodos de ensino na busca de seu próprio modo de ensinar. Se Deus lhe chamou para esta obra, lembre-se que Ele chamou *você*. Não é necessário falar com um tom de voz diferente, nem se tornar uma pessoa diferente na sala de aula.

Você pode ser a "Sra. Arrumadinha" que se sente melhor com suas crianças sentadas em cadeiras enfileiradas, enquanto as conduz numa rotina precisa de canções, oração e histórias. A seguir, movem-se em direção a uma mesa redonda para os habituais trabalhos manuais. Descanso, lanche e até a hora da brincadeira livre se passa de forma tão previsível, que dificilmente uma das crianças está fora do seu lugar.

Ou, você pode ser a "Sra. Laissez-Faire" que se senta ao chão lendo uma história para um aluno, enquanto duas crianças pintam desenhos do outro lado da sala, algumas estão à mesa fazendo várias atividades diferentes e outras ainda estão passeando pela sala procurando o que vão fazer.

Quem é capaz de dizer exatamente como deveria ser um professor? Os pesquisadores não podem. Muitas tentativas foram feitas para se medir o quanto o professor fala, o quanto ouve seus alunos, quantas vezes utiliza frases de estímulo e outros numerosos aspectos do comportamento em sala de aula. Contudo, essas pesquisas não nos trouxeram uma descrição exata do professor ideal. Os métodos de ensino têm sido amplamente comparados, e embora a cada momento um deles seja o mais popular em determinadas épocas, os pesquisadores não são capazes de nos indicar qual deles é realmente o melhor.

Alguns gostam de utilizar o termo "ciência da educação" e outros retrucam que a educação não é uma ciência. Porém, seja o que for, ainda não foi capaz de identificar o núcleo vital íntimo de um bom professor e dizer o que o faz diferente de um professor ineficaz. Hoje em dia, há a especulação de que tal efetividade reside nas relações interpessoais entre professor e alunos. Se isto é verdade, é exatamente o que nossa visão cristã nos diz. E significa que o professor precisa respeitar sinceramente seus alunos como pessoas. Nenhum conjunto de técnicas praticadas de um modo moderno surtirá o efeito desejado por si só.

Um pastor envolvido em ajudar professores por detrás da Cortina de Ferro escreveu que é fácil distinguir os cristãos verdadeiros dos impostores, pelo modo como os cristãos podem se olhar nos olhos de perto. Quando os comunistas se aperceberam disso, passaram a treinar seu pessoal para olhar de perto nos olhos dos cristãos. Mas ainda assim, eram identificados, pois olhavam perto demais. E mesmo que dominassem essa técnica, outros detalhes iriam denunciá-los. Um irmão cristão forjado nunca será como um cristão verdadeiro.

Do mesmo modo, com o professor. Seja verdadeiro. Seja você mesmo. Desta forma, não terá de se preocupar tanto sobre qual é o estilo correto para trabalhar com sua classe.

Você É Capaz

Muitas vezes nos encontramos em situações que temos de reagir pela intuição. Nenhum livro pode nos dizer o que fazer. De fato, os livros podem até trazer uma impressão equivocada da classe de maternal.

Num domingo, Rodrigo veio para a aula trazendo Felipe, seu primo hiperativo. Se Felipe já tivesse visitado a classe antes, a professora teria se preparado para uma aula difícil. Felipe anda pela sala o tempo todo e leva Rodrigo com ele. Assim que a professora reúne os alunos no círculo para a hora da história, Felipe e Rodrigo começam a engatinhar por debaixo da mesa. Ela tenta atrair a atenção deles, tenta chamá-los pacientemente e até os censura, mas nada funciona. Por fim, os traz à força para o círculo e inicia a história. Felipe interrompe, passeia pela sala, fala animadamente sobre seu cachorro. A professora tenta ignorar e relevar, e em breve, Felipe e Rodrigo estão novamente debaixo da mesa. Decide então deixá-los. Será melhor prosseguir sem eles. Movimenta o círculo um pouco para que as crianças fiquem de costas para a mesa e trabalha a fim de prender sua atenção. Todavia, o barulho vai aumentando, aumentando, e mais e mais crianças fogem do círculo para se juntar à brincadeira debaixo da mesa.

Ou, talvez, uma criança comece a chorar bem alto. A professora a pega no colo e anda pela sala, conversando e tentando confortá-la. Pensa que em breve ela irá se acalmar. Mas isto não acontece. Ela continua e continua a chorar.

Ou uma menininha faz uma enorme poça no chão. A professora tenta encontrar um esfregão ou um pano de chão. O que fazer quanto às roupas da menina? Não há fraldas. Suas crianças supostamente não mais as utilizam...

Ou o barômetro indica que a pressão atmosférica está caindo e nenhuma criança age como de costume. Elas não sabem o que há de errado, nem o professor, que tenta lutar contra a invisível força do ar.

Muitos dos problemas se solucionariam mais rapidamente se houvesse um professor extra, e muitos outros poderiam ser minimizados se houvesse mais espaço. O planejamento da igreja deve considerar esses aspectos. As crianças do maternal precisam de mais espaço por criança que qualquer outra idade.

Geralmente, o que acontece em muitas igrejas é que a classe do maternal fica alojada na menor sala. Se você se encontra nessa situação e não sabe como resolvê-la, converse com o pastor ou com a pessoa responsável. E esteja preparado para ser insistente. Por algum tempo, seja a roda que range, porque esta é a que receberá óleo.

Entretanto, se não há solução imediata, apenas soluções a longo prazo, como a construção de um novo prédio, você também pode tentar implementar algumas formas de aproveitar ao máximo aquilo que tem. Num espaço pequeno, com uma turma grande e apenas um professor, um planejamento bem estruturado auxilia no controle da turma. Planeje uma aula com muitas atividades. Todos os materiais devem estar prontos para o uso. Remova os brinquedos mais barulhentos, os que precisam de mais espaço e aqueles com os quais as crianças brincam girando por toda a sala. Mantenha somente aqueles que as crianças possam utilizar sentadas, brincando calmamente. Não use brinquedos toda semana. Reserve-os para o dia em que um Felipe ou uma menininha chorando torne impossível prosseguir com o planejamento do dia.

Seus alunos podem ser demolidores de casas, mas ainda não são demolidores de salas de aula. Os domingos em que parece que tudo está dando errado fazem parte do processo de adaptar as crianças à sala de aula. Quando assumimos esse trabalho, ninguém pode nos prometer um jardim de rosas, mas, com certeza, haverá rosas no caminho.

Dolores

Por dois domingos seguidos, Dolores se sentou no lugar determinado pela professora. Porém, isso era tudo o que fazia. Nunca abriu a boca para falar ou cantar. Nunca pegou um giz de cera para rabiscar sua folha de papel. A professora começou a imaginar se ela não teria algum tipo de deficiência. Será que sabia falar?

Num domingo, Dolores descobriu os brinquedos. Alguém abriu o armário e ela encontrou um brinquedo. Sentou-se ao lado do armário, segurando o brinquedo alegremente. Depois disso, o lugar de Dolores era ao lado do armário. Se a professora tentava movê-la ou retirar seu brinquedo, reclamava com um choro de lábios cerrados, "Mmm-mm". Assim, domingo após domingo, Dolores se sentava no local escolhido. Ali ficava quieta e não incomodava ninguém.

Uma das crianças se queixou:

— Por que não posso brincar com os brinquedos? A Dolores pode.

— Você é maior. Já sabe como participar da hora da história. Vamos mostrar a Dolores como lemos nossas histórias.

Quando cantaram “Oh! Eu Amo a Cristo”, todas as outras crianças incluíram Dolores na canção. Quando cada criança disse como obedecia em casa, e a professora registrou num livro, reservou uma página para Dolores, também.

— O que a mamãe pede pra você fazer em casa, Dolores?

Nenhuma resposta.

— Ah, já sei. A mamãe pede para vestir seu pijama e Dolores corre e veste o pijama. Aqui está a Dolores sorrindo e ela obedece a sua mãe.

No domingo seguinte, o livro lembrou a todos que Dolores vestiu seu pijama. Estava lá, com as histórias das outras crianças. As histórias bíblicas também foram repetidas e as canções e os versos de ação.

Um dia, houve uma enorme nevasca e poucas crianças vieram à aula. Em vez de quatorze, havia somente três crianças na classe do maternal. E que surpresa para a professora! Dolores conversou como qualquer criança normal. Conhecia todas as histórias bíblicas e conseguia dizer a palavra que faltava quando a professora esperava pela ajuda das crianças. Sabia as canções e os versos. Pintou seu desenho. Durante seus dias de silêncio, havia aprendido muito, só não havia sido capaz de demonstrar, até o dia em que somente três crianças estavam na sala.

Muitas vezes, o ensino no maternal é assim. Não podemos testar e ver todos os resultados. Observamos, mas apenas uma pequena parte desses resultados é revelada. O professor pacientemente ensina semana após semana e a maior parte do seu trabalho permanece escondida. Está dentro da semente da árvore — e não podemos ver o gigante que se tornará.

Avaliação

1. Os resultados das pesquisas não apóiam um determinado estilo de ensino em detrimento de outros. V – F

2. Quando a aula fracassa é porque o professor não teve cuidado suficiente com o planejamento. V – F

3. O professor pode determinar os resultados do que ensinou através de testes e observação. V – F

4. Muitos dos resultados do ensino não são imediatamente visíveis em crianças pequenas. V – F

Respostas: 1. V; 2. F; 3. F; 4. V.

Apêndice

Nesta seção encontram-se orientações suplementares para cada capítulo, que poderão ser utilizadas no estudo deste livro em salas de aula ou em grupos de treinamento nas igrejas.

Capítulo 1: Como São as Crianças?

Questões (para debates ou temas de redação)

1. Você já aprendeu algo por acaso? Na sua opinião tudo o que aprendemos tem o objetivo de suprir necessidades?
2. As necessidades são a "causa" da aprendizagem? Ou, na sua visão, a aprendizagem é a causa ou um meio de crescer para níveis emocionais mais maduros na "pirâmide das necessidades"? Você acha que esta é uma questão como a do ovo e da galinha?
3. A teoria das "necessidades" ensina que a aprendizagem acontece para a redução da necessidade. Piaget ensina que a aprendizagem acontece porque o indivíduo em desenvolvimento se esforça para aprender. Qual dessas teorias lhe agrada mais? Por quê? Como essas teorias se encaixam numa visão bíblica?
4. Que crescimento espiritual acontece, se é que acontece, numa criança jovem demais para compreender sua necessidade de salvação?
5. Na sua opinião, qual é a responsabilidade da igreja na educação espiritual das crianças pequenas?

Projetos de Estudo

1. Leia mais a respeito do pensamento infantil na primeira infância num livro de Piaget ou num livro sobre a teoria piagetiana. Relate suas aprendizagens ao seu grupo de estudos.
2. Pesquise o pensamento infantil na visão de Jerome Bruner. Relate suas aprendizagens ao seu grupo de estudos.

Observações

1. Observe uma criança numa situação em que ela tenha uma escolha de atividade livre da orientação de um adulto e das distrações de outras crianças. Faça uma lista de suas atividades, registrando o tempo empreendido em cada uma delas. Compare suas observações com as dos outros participantes do seu grupo de estudos.
2. Observe uma classe de maternal. Acompanhe não somente o ensino formal, mas também quaisquer pequenos acontecimentos incidentais. Tente encontrar incidentes que possam afetar o crescimento de uma criança, um em cada uma dessas três áreas: (1) espiritual, (2) cognitiva e (3) sócio-emocional. Descreva cada um deles.

Experiências de Mini-Ensino

1. Planeje uma atividade que se assemelhe ao experimento da montanha, de Piaget, e realize-a com uma ou duas crianças de quatro anos de idade. (As crianças precisam ter idade suficiente para desenhar o que vêem.)
2. Leia um livro, use um brinquedo ou realize qualquer outra atividade agradável com uma criança do maternal. Partilhe sua experiência com seus colegas de grupo, contando-lhes o que aprendeu sobre as palavras utilizadas pela criança, seu período de atenção, sua curiosidade e outras características.

Capítulo 2:
O que as Crianças Podem Aprender?

Questões

1. Você acha que a idéia concreta de Deus que uma criança tem é distorcida? Suas aprendizagens posteriores são correções ou adições e desenvolvimento dessa aprendizagem inicial?

2. Considerando-se a visão concreta que uma criança tem da pessoa de Deus, que diferenças existirão entre o modo como um cristão liberal e um outro conservador ou fundamentalista ensinam sobre Deus?
3. Você utilizaria as expressões Filho de Deus, Deus-Homem ou alguma outra com crianças pequenas? Por quê?
4. Utilize a história de Noé e o dilúvio, ou outra escolhida por seu grupo, e faça uma lista das idéias que as crianças do maternal são e não são capazes de aprender. Tente chegar a uma conclusão comum sobre uma ou duas idéias principais que enfatizaria, se fosse utilizar esta história numa aula.

Projetos de Estudo

1. Encontre uma outra lista ou discussão de algum escritor sobre quais idéias bíblicas as crianças podem aprender e compare com a informação dada neste capítulo. Identifique diferenças, dê sua opinião sobre esses casos e justifique sua resposta.
2. Utilize um gravador para registrar uma seqüência de três minutos em que você brinque e converse com uma criança de três e uma de quatro anos. Tente fazer com que elas falem o máximo possível. Liste o número de palavras usadas por cada criança e também o número de palavras diferentes usadas por elas. Comente sobre o que se pode aprender com essas listas.

Observação em Sala de Aula

Escolha uma das crianças e concentre-se nela durante o seu período de observação. Faça anotações sobre como usa as palavras. Veja alguns pontos a observar: O quanto ela participa das canções e versos? Quando a professora convida todos a repetirem algumas palavras, ela acompanha? Utiliza palavras para conseguir o que quer da professora ou dos colegas, ou usa outros meios — calmos, de auto-suficiência ou agressivos? Quantas vezes falou com alguém, ou simplesmente falou? Observou algum momento em que dizia as palavras apenas pelo prazer de dizê-las? Faça uma lista das palavras bíblicas ou relacionadas às lições utilizadas por ela. Interrompeu a lição com frases sem qualquer relação com o assunto? Sobre o que estava falando?

Experiências de Mini-Ensino

1. Participe da hora do lanche numa turma de maternal. Se possível, grave em fita ou ao menos faça anotações imediatamente após a atividade. Partilhe sua experiência com seu grupo de estudo.

2. Escolha uma figura e conduza uma conversa sobre ela numa turma de maternal. Partilhe sua experiência com seu grupo de estudo.

Capítulo 3: Que Trabalhos Manuais as Crianças Podem Fazer?

Questões

1. Você se recorda de usar livros de colorir? Na sua opinião, que contribuições lhe trouxeram?
2. Na sua opinião, os trabalhos manuais são importantes para atingir os objetivos da Igreja? Quanto tempo por semana deve ser dedicado a esta atividade?
3. Quais são os maiores valores dos trabalhos manuais?
4. Você consegue imaginar algum tipo de criança que lucraria mais com trabalhos manuais na igreja do que outras? Que tipo?
5. Que qualidades e habilidades o professor precisa para orientar a atividade dos trabalhos manuais com crianças pequenas?

Projetos de Estudo

1. Entreviste um professor de arte sobre como ensinar crianças a colorir dentro das linhas. Partilhe esta visão com seu grupo de estudos.
2. Recolha diversos desenhos de pessoas, feitos por crianças, e organize-os em ordem crescente, do mais simples ao mais avançado. Se desejar, inclua desenhos de crianças do jardim de infância e da classe dos primários no seu estudo.

Observações

1. Observe algumas crianças enquanto pintam em folhas em branco e ouça seus comentários sobre os trabalhos. Tente encontrar uma criança em cada um destes estágios: (1) estágio dos rabiscos, (2) estágio do reconhecimento e (3) estágio da representação.
2. Observe algumas crianças fazendo qualquer tipo de trabalho manual. Registre um ou dois incidentes em que seja observado algum tipo de crescimento além da habilidade artística que está sendo praticada.

Experiências de Mini-Ensino

1. Prepare argila, arrume as cadeiras e convide várias crianças para participar dessa atividade. Se o interesse diminuir, esteja pronto para injetar novas idéias. Tente manter a atividade em bom ritmo por pelo menos dez minutos.
2. Se preferir outros materiais, além da argila, planeje o mesmo com pintura, colagem ou algo mais.

Capítulo 4:
Como Utilizar os Corinhos e os Versos?

Questões

1. O que você identifica em alguns versos de ação, que os torna de fácil aprendizagem para crianças pequenas?
2. Que características em alguns versos de ação dificultam sua aprendizagem?
3. Na sua opinião, por que muitos professores são inseguros em relação a ensinar músicas? Estas razões podem ser superadas? Como?
4. O que você faria se percebesse que sua classe não está apreciando músicas?

Projetos de Estudo

1. Prepare vários de seus versos de ação favoritos em cartões — um verso em cada cartão. Prepare um segundo conjunto de cartões com palavras que gostaria de ensinar com os versos.
2. Prepare um conjunto de instrumentos de ritmo, tais como claves ou chocalhos de potes de comprimidos.
3. Escolha um ou dois tópicos de lições e crie uma canção para ser usada com cada um deles. Utilize uma melodia infantil familiar ou crie sua própria melodia, se desejar.

Observação

Observe o momento dos corinhos numa classe de maternal. Escolha uma das crianças para observar. Registre suas observações, fazendo comentários como os que se seguem: O quanto ela participa da atividade — canta, move os lábios, faz os gestos? Participa igualmente de todas as canções? Canta junto com o professor, ou, geralmente, está uma frase atrasada? Quando não está efetivamente participando, parece estar assistindo ou ouvindo? Que característica(s) das canções parece(m) atraí-la mais? Como você descreveria o nível de desenvolvimento desta criança em relação ao canto?

Experiência de Mini-Ensino

Prepare e ministre uma sessão de versos e canções com duração de cinco minutos. Para que a atividade seja bem-sucedida, não cante várias canções uma atrás da outra. Planeje modos de utilizar cada canção ou versos diversas vezes, com variedade, para dar tempo de assimilarem a canção antes de passar para a próxima. Por exemplo, em uma canção use um fantoche de dedo ou de mão e permita que as crianças o utilizem também, uma de cada vez. Use uma música com os nomes das crianças e cante sobre todos os que estão no grupo. Use gestos ou instrumentos rítmicos. Ou cante uma canção de ninar, enquanto uma criança de cada vez nina uma boneca. Planeje uma atividade variada e decore as letras, de forma que possa dar atenção às crianças, sem necessidade de consultar os cartões.

Capítulo 5:
Como Contar Histórias?

Questões

1. Qual a importância das histórias bíblicas em relação aos objetivos da Igreja? A cada semana, quanto tempo deve ser dedicado às histórias?
2. Que problemas existem nas seguintes frases iniciais de histórias:
   - Uma semana antes do Natal, Carolina ganhou um presente.
   - Há muito tempo, o mundo estava cheio de pessoas que se esqueceram de Deus.
   - Era uma vez uma menininha, que tinha sido levada para bem longe do seu povo e da sua terra.
3. Você se lembra de ouvir alguma história contada através do flanelógrafo, quando era criança? Quais são suas lembranças sobre esta experiência?

Projeto de Estudo

Leia uma história bíblica de qualquer livro de histórias para maternal ou de um manual de professor. Analise-a em termos de: (1) relações causais, (2) relacionamentos familiares, (3) outros relacionamentos, (4) conceitos de espaço e (5) conceitos de tempo. Se encontrar algum problema, tente reescrevê-la, eliminando-o.

Observação

Observe a hora da história numa igreja, numa biblioteca pública ou em ambas. Escolha uma das crianças e observe-a. Escreva um relatório sobre o que observou, traçando comentários. O que se pode relatar sobre sua postura e movimentos? Balança as pernas, muda de posição, vira a cabeça, presta atenção ao professor? Quanto tempo assistiu atentamente? Quanto tempo gastou fazendo outras coisas? Às vezes, seus lábios se movem enquanto ouve? Participa de modo audível? Interrompe com comentários que parecem irrelevantes? Participa das atividades com movimento? O que parece lhe tirar a atenção? O que chamou sua atenção em relação ao que foi planejado pelo professor para a hora da história?

Experiência de Mini-Ensino

Planeje e apresente uma sessão de história de pelo menos dez minutos. Utilize diversos livros de imagens e uma ou mais histórias com flanelógrafo. Prepare alguns versos de ação ou sugestões de dramatização que serão usados no intervalo entre as histórias, para manter a atenção das crianças. Pode-se também utilizar uma ou duas canções. Tente relacionar algumas das canções ou versos às histórias.

Capítulo 6:
Como Explorar os Jogos e os Movimentos?

Questões

1. Na sua opinião, os jogos se relacionam primariamente ao ensino ou à recreação nas aulas do maternal? Por quê?
2. Como você justificaria o uso dos jogos para um professor que acredita que os jogos não têm nenhuma relação com os programas de ensino bíblico?
3. Por que os conceitos a seguir não são apropriados aos jogos para crianças pequenas: (1) competição, (2) cooperação e (3) placar?

Projetos de Estudo

1. Escolha um ou dois tópicos de lições e crie um jogo de faz-de-conta para cada um deles. Crie também um jogo cantado ou com cartões para ser usado com cada lição. (Atualmente, muitas revistas de escola dominical incluem jogos. Assim, nem sempre será necessário criar jogos na prepara-

ção de sua lição. Contudo, a experiência de elaborar jogos o capacitará para avaliar melhor os jogos e outros materiais das lições.)

2. Examine lições bíblicas de revistas de escola dominical para maternal de duas ou mais editoras diferentes. Faça uma avaliação do uso que fazem dos jogos.
3. Escolha um jogo de sua preferência e escreva um parágrafo ou dois, justificando-o do ponto de vista educacional. Descreva como se ajusta ao nível de desenvolvimento das crianças e como contribui cognitiva, física, social e emocionalmente para seu crescimento.

Observação e Mini-Ensino

Este trabalho deverá ser realizado em duplas. Cada aluno deve preparar um tipo diferente de jogo. Por exemplo, um prepara um jogo de cartões e o outro, um jogo cantado. Aplique a atividade em um grupo de crianças do maternal. Enquanto um conduz a atividade, o outro observa. No segundo jogo, as posições se invertem.

Observação. Quantos tipos ou níveis diferentes de participação podem ser encontrados e descritos? Algumas crianças apenas permanecem sentadas, outras participam em algumas partes e outras ainda participam completamente? O que mais parece ajudar as crianças a pensar ou agir com um propósito? O que as distrai?

Avaliação. Suas anotações lhe sugerem algum tipo de modificação nos jogos, para que se obtenha maior participação ou interesse? Como? Alguma sugestão de como o professor pode aprimorar a atividade ou manter o interesse das crianças? Como?

Capítulo 7: Procedimentos, Material Didático e o Ambiente da Sala de Aula

Questões

Você incluiria os centros relacionados abaixo em sua classe de maternal da sua igreja? Justifique sua resposta em relação a cada um deles.

Centro de blocos
Centro de arte
Centro de casinha

Centro de quebra-cabeças e jogos de mesa
Centro de natureza
Centro de livros
Centro de música
Centro teatral
Centro de areia

Projetos de Estudo

1. Inspecione a(s) turma(s) de jardim de infância de sua igreja, se possível acompanhado de outros professores, e verifique como aperfeiçoá-la(s). Escreva uma lista do que pode ser feito, tentando justificar cada mudança sugerida. Por que é necessária? Que contribuições trarão para a classe?
2. Planeje uma sala de aula ideal, listando os equipamentos necessários.

Observação

Observe uma classe de maternal no momento da chegada das crianças. Preste atenção ao que cada criança faz no primeiro minuto após sua chegada. Parece ansioso ou com medo? Cumprimenta o professor? Move-se imediatamente para uma atividade? Observa os outros? Anote suas observações sobre quantas crianças for possível. Partilhe sua observação com seu grupo de estudos.

Experiência de Mini-Ensino

Auxilie um professor de maternal no momento de chegada e/ou despedida das crianças. Cumprimente as crianças e os pais, ajude a retirar os casacos e o que for necessário. Tente fazer este momento feliz e relaxante. Ajude as crianças a se sentirem bem-vindas, mas não as pressione a iniciar uma atividade imediatamente. Se as crianças não lhe conhecem, seja cuidadoso e não as force com sua atenção, mais do que estejam prontas a aceitar. Partilhe com seu grupo de estudos algo que aprendeu com esta experiência. Consegue ver algum modo de aprimorar a atividade se realizá-la novamente?

Capítulo 8:
O Professor na Sala de Aula

Questões

1. Na sua opinião, o que um professor pode fazer para manter o domínio de classe na sua turma de maternal?

2. Você acha que as crianças se saem melhor sob um estilo de ensino *laissez-faire* (princípio de não intervenção — neste caso, a do professor) ou sob um estilo altamente estruturado? Por quê?

Projeto de Estudo

Descreva um dos problemas mais difíceis enfrentado durante este curso. Pode estar relacionado a uma criança (use um nome fictício), às lições ou a qualquer outro aspecto. Trabalhe num grupo pequeno, buscando como solucionar o seu problema e também os outros apresentados pelo grupo.

Observações em Sala de Aula

1. Descreva uma atividade direcionada pelo professor. Relate como o professor a conduz e como as crianças respondem e aprendem com esta atividade.
2. Descreva uma atividade em que a criança trabalhe com autonomia — talvez uma situação como a de Tricia, pegando um quebra-cabeça. Relate sua opinião sobre o que supostamente teria motivado a ação da criança.

Experiência de Maxi-Ensino

Em dupla ou em grupo, planeje uma aula completa de uma hora para a escola dominical ou outro momento na igreja. Uma lição de revista de escola dominical pode ser utilizada como base para seu planejamento. Prepare tudo e aplique a aula. Partilhe algo desta experiência com seu grupo de estudos.